全国注册咨询工程师(投资)执业资格考试临考冲刺 9 套题

工程咨询概论

全国注册咨询工程师(投资)执业资格考试命题研究组　编

机 械 工 业 出 版 社

本书严格依据《注册咨询工程师(投资)资格考试大纲》和最新修订教材进行编写。全书共由9套临考冲刺试题组成,每套试题均以标准试卷的形式精心编写,题量和题型的安排符合考试大纲要求,极具典型性和代表性。为方便考生检验复习效果,每套试题均附有参考答案,有助于考生全面提升应试能力。

图书在版编目(CIP)数据

工程咨询概论/全国注册咨询工程师(投资)执业资格考试命题研究组编.—2版.—北京:机械工业出版社,2009.1

(全国注册咨询工程师(投资)执业资格考试临考冲刺9套题)

ISBN 978-7-111-23365-7

Ⅰ.工…　Ⅱ.全…　Ⅲ.投资—咨询服务—工程技术人员—资格考核—习题　Ⅳ.F830.59-44

中国版本图书馆CIP数据核字(2008)第164942号

机械工业出版社(北京市百万庄大街22号　邮政编码100037)

责任编辑:关正美

封面设计:张　静　责任印制:乔　宇

北京中兴印刷有限公司印刷

2009年1月第2版第1次印刷

184mm×260mm・6印张・147千字

标准书号:ISBN 978-7-111-23365-7

定价:18.00元

前言

　　为严格工程咨询业市场准入条件，促其规范开展，经人事部、国家发展和改革委员会研究决定，我国于 2004 年开始实施全国注册咨询工程师（投资）执业资格考试制度。经过近几年的发展，一支知识面广、综合素质高、实践经验丰富的注册咨询工程师（投资）队伍已初步形成。通过考试取得资格证书，已成为广大专业技术人员进入注册咨询工程师（投资）行业的法定途径，也必将成为增强企业与个人竞争能力的重要砝码。

　　为帮助广大考生顺利通过 2009 年全国注册咨询工程师（投资）执业资格考试，特组织国内知名高校、行业协会、龙头企业中一些具有丰富工程咨询经验、熟悉考试特点的人员组成命题研究组，编写了本套 2009 版"全国注册咨询工程师（投资）执业资格考试临考冲刺 9 套题"。

　　本套丛书共分为《工程咨询概论》、《宏观经济政策与发展规划》、《工程项目组织与管理》、《项目决策分析与评价》和《现代咨询方法与实务》五个分册，严格依据《注册咨询工程师（投资）资格考试大纲》和最新修订的教材进行编写。每个分册都由 9 套临考冲刺试题组成，具体的体例安排如下：

　　冲刺试题：以全国注册咨询工程师（投资）执业资格考试标准试卷的形式精心编写，题量和题型的安排符合 2009 年考试信息和要求。题目的选择建立在研究组成员精准预测的基础之上，极具典型性和代表性。通过这些全真模拟试题的"热身"，考生可以提前体验考场氛围，做好临考前的冲刺准备。

　　参考答案：为方便考生检验复习效果，做好查缺补漏工作，每套试题后均给出了参考答案。针对《现代咨询方法与实务》这门主观题科目，还提供了详尽的解析步骤和解题过程，有助于考生更加全面、准确地掌握考试内容。

　　本套丛书是命题研究组成员在对历年真题试卷进行认真分析与解读的基础上，严格依据最新考试大纲编写而成，题型的设置、题量的分布及难易程度完全符合考试大纲要求。建议考生严格遵照考试时间进行答题，真正发挥试题的模拟功能，体现试题的模拟价值，从而提前进入应试状态。

　　为了帮助更多的考生顺利通过考试，本套丛书还免费提供相关考试内容的答疑辅导服务。如果您对本套丛书中的任何内容有疑问或在复习中遇到疑难问题，均可通过电子邮箱（kaoshidayi@sina.com）与我们联系，命题研究组成员将为您提供满意的答复！

　　最后，祝广大考生顺利通过考试！

全国注册咨询工程师（投资）执业资格考试命题研究组

目录 CONTENTS

前言

全国注册咨询工程师（投资）执业资格考试介绍 ·· (1)

全国注册咨询工程师（投资）执业资格考试临考冲刺9套题

工程咨询概论（一） ·· (3)

    参考答案 ·· (12)

工程咨询概论（二） ·· (13)

    参考答案 ·· (21)

工程咨询概论（三） ·· (22)

    参考答案 ·· (31)

工程咨询概论（四） ·· (32)

    参考答案 ·· (41)

工程咨询概论（五） ·· (42)

    参考答案 ·· (52)

工程咨询概论（六） ·· (53)

    参考答案 ·· (62)

工程咨询概论（七） ·· (63)

    参考答案 ·· (72)

工程咨询概论（八） ·· (73)

    参考答案 ·· (82)

工程咨询概论（九） ·· (83)

    参考答案 ·· (92)

全国注册咨询工程师（投资）执业资格考试介绍

一、全国注册咨询工程师（投资）执业资格考试科目

科目1：工程咨询概论（考试时间：150分钟，满分130分）

科目2：宏观经济政策与发展规划（考试时间：150分钟，满分130分）

科目3：工程项目组织与管理（考试时间：150分钟，满分130分）

科目4：项目决策分析与评价（考试时间：150分钟，满分130分）

科目5：现代咨询方法与实务（考试时间：180分钟，满分130分）

二、全国注册咨询工程师（投资）执业资格考试成绩管理

咨询工程师考试以3年为一个周期，参加全部科目考试的人员须在三个考试年度内通过全部应试科目考试。参加部分科目考试的人员（指符合部分科目免试人员）须在一个考试年度内通过应试科目考试。

三、全国注册咨询工程师（投资）执业资格考试题型及考场注意事项

《工程咨询概论》、《宏观经济政策与发展规划》、《工程项目组织与管理》、《项目决策分析与评价》4个科目考试题型为客观题，全部在答题卡上作答，阅卷工作由各省（自治区、直辖市）人事考试中心组织实施。

《现代咨询方法与实务》科目考试题型为主观题，采用网络阅卷，在专用的答题卡上作答，考生在考前应注意以下几个问题：

（1）答题前要仔细阅读答题注意事项（答题卡首页）。

（2）严格按照指导语要求，根据题号标明的位置，在有效区域内作答。

（3）为保证扫描质量，须使用钢笔或签字笔（黑色）作答。

（4）该科目阅卷工作由全国统一组织实施，具体事宜另行通知。

考生应考时，应携带钢笔或签字笔（黑色）、2B铅笔、橡皮、计算器（无声、无编辑储存功能）。草稿纸由各地人事考试中心配发，用后收回。

四、《工程咨询概论》科目考试答题技巧

（一）单项选择题答题技巧

单项选择题由题干和4个备选项组成，备选项中只有1个最符合题意，其余3个都是干扰项。如果选择正确，则得1分，否则不得分。单项选择题大部分来自考试用书中的基本概念、原理和方法，一般比较简单。应试者应全面复习，争取在单项选择题作答中得到高分。

应试者在作答单项选择题时，可以考虑采用以下4种方法：

（1）直接选择法。如果应试者对试题内容比较熟悉，可以直接从备选项中选出正确项，以节约时间。

（2）逻辑推理法。当无法直接选出正确项时，可以采用逻辑推理的方法进行判断，选出正确项。

（3）排除法。当无法直接选出正确项时，也可以通过逐个排除不正确的干扰项，最后选

出正确项。

（4）猜测法。通过排除法仍不能确定正确项时，可以凭感觉进行猜测。当然，排除的备选项越多，猜中的几率就越大。单项选择题一定要作答，不要空缺。

（二）多项选择题答题技巧

多项选择题由题干和5个备选项组成，备选项中至少有2个、最多有4个最符合题意，至少有1个是干扰项。因此，正确选项可能是2个、3个或4个。如果全部选择正确，则得2分；只要有1个备选项选择错误，该题不得分。如果答案中没有错误选项，但未全部选出正确选项时，选择的每1个选项得0.5分。

多项选择题的作答有一定难度，应试者考试成绩的高低及能否通过考试科目，在很大程度上取决于多项选择题的得分。在没有绝对把握的情况下，可以少选择备选项。

与单项选择题的作答一样，多项选择题的作答也可以采用直接选择法、逻辑推理法、排除法，但要慎用猜测法。应试者在作答多项选择题时应先选择有把握的正确选项，对没有把握的备选项最好不选，宁"缺"勿"滥"。当对所有备选项均没有把握时，可以采用猜测法选择1个备选项，得0.5分总比不得分强。

（三）选择题填涂技巧

应试者在标准化考试中最容易出现的问题之一就是填涂不规范，以致在机器阅读答题卡时产生误差。解决这类问题的最简单方法是将铅笔削好。铅笔不要削得太细、太尖，应将铅笔削磨成马蹄状或直接削成方形，这样，一个答案信息点最多涂两笔就可以涂好，既快又标准。

在进入考场接到答题卡后，不要忙于答题，而应在监考老师的统一组织下将答题卡的表头按要求进行"两填两涂"，即用蓝色或黑色钢笔、签字笔填写姓名和准考证号；用2B铅笔涂黑考试科目和准考证号。不要漏涂、错涂考试科目和准考证号。

在填涂选择题时，应试者可根据自己的习惯选择下列几种方法进行：

（1）审涂分离移植法。应试者接到试题后，先审题，并将自己认为正确的答案轻轻标记在试卷相应的题号旁，或直接在自己认为正确的备选项上做标记。待全部题目做完后，经反复检查确认不再改动后，将各题答案移植到答题卡上。采用这种方法时，需要在最后留有充足的时间进行答案移植，以免移植时间不够。

（2）审涂结合并进法。应试者接到试题后，一边审题，一边在答题卡相应位置上填涂，边审边涂，齐头并进。采用这种方法时，一旦要改变答案，需要特别注意将原来的选择记号用橡皮擦干净。

（3）审涂记号加重法。应试者接到试题后，一边审题，一边将所选择的答案用铅笔在答题卡相应位置上轻轻记录（打钩或轻涂），待审定确认不再改动后，再加重涂黑。与审涂分离移植法一样，这种方法也需要在最后留出充足的时间进行加重涂黑。

全国注册咨询工程师（投资）执业资格考试临考冲刺9套题

工程咨询概论（一）

一、单项选择题 （共60题，每题1分。每题的备选项中，只有1个最符合题意）

1. 国际上对项目进行分类的依据不包括（　　）。
   A. 产出物性质　　　B. 对社会的贡献　　　C. 资金来源　　　D. 项目组织结构

2. 工程咨询队伍的高学历、高职称专业技术人员占较大比例的特点是由（　　）决定的。
   A. 当前咨询市场的需要　　　　　　B. 工程咨询的工作性质
   C. 当今社会人才供给状况　　　　　D. 当前我国深化改革的方针

3. 注册咨询工程师（投资）充分发挥自身作用、为客户服务最重要的前提条件是（　　）。
   A. 高尚的品德和奉献精神　　　　　B. 不断创新的进取精神
   C. 多学科、复合性的知识结构　　　D. 良好的身体素质

4. 投资项目按（　　），可分为生产性项目和非生产性项目。
   A. 项目的性质　　　B. 行业　　　C. 经营收益　　　D. 项目的用途

5. 下列选项中，属于工程咨询单位业务市场开拓中自身条件的是（　　）。
   A. 经济发展状况　　　　　　　　　B. 工程市场秩序
   C. 地域和文化背景优势　　　　　　D. 货币稳定性

6. 国际上一般把项目定义为"一种（　　）的、创造唯一产品和服务的任务"。
   A. 临时性　　　B. 一次性　　　C. 有时间性　　　D. 强调实用性

7. 在工程咨询的决策支持过程中，（　　）可以通过建模来辅助理解问题。
   A. 信息收集阶段　　　B. 选择阶段　　　C. 设计阶段　　　D. 实施阶段

8. 投保工程一切险应提交的资料不包括（　　）。
   A. 工程承包合同　　　B. 工程进度表　　　C. 施工组织设计　　　D. 工程设计文件

9. 明确项目周期以及各个阶段的任务，有利于建立科学的（　　）体系。
   A. 实施管理　　　B. 项目管理　　　C. 管理信息　　　D. 咨询评价

10. 工程设计以（　　）为依据，一般分为扩大初步设计和施工图设计。
    A. 批准设计报告　　　　　　　　　B. 批准的可行性报告
    C. 批准的初步可行性报告　　　　　D. 批准的计划设计报告

11. 企业投资项目可行性研究市场分析不包括（　　）。
    A. 市场现状调查　　　B. 市场容量预测　　　C. 目标市场定位　　　D. 市场需求分析

12. 在下列工程勘察工作的步骤环节中，时间顺序上排在最前面的是（　　）。
    A. 收集已有资料　　　B. 现场踏勘　　　C. 做好出工准备　　　D. 签订工程勘察合同

13. 在我国建设项目程序中，最终确定投资建设是否进入实质性启动程序的是批准（　　）。
    A. 项目建议书　　　　　　　　　　B. 项目初步可行性研究报告

C. 项目可行性研究报告　　　　　　　　D. 设计方案

14. 在工程咨询单位为项目出资人提供的咨询服务中，跟踪评价项目的目标、效益和风险的服务，属于（　　）的任务。

A. 项目评估　　　　B. 项目绩效评价　　　C. 项目监测　　　D. 项目后评价

15. 工程咨询公司作为分包商与承包商合作承担工程项目，负责部分设计等技术服务，其直接服务的对象是（　　）。

A. 项目法人　　　　　　　　　　　　　B. 承包商

C. 出资人　　　　　　　　　　　　　　D. 项目业主委托的总设计单位

16. 下列选项中，不属于设备监理工作范围的是（　　）。

A. 设备设计监理　　B. 设备采购监理　　C. 设备调试监理　　D. 设备运行监理

17. 在进行项目成功度评价时，某项目大部分目标已经实现，相对于成本而言，项目达到了预期的效益和影响，则该项目（　　）。

A. 完全成功　　　　B. 较为成功　　　　C. 基本成功　　　D. 不成功

18. 注册咨询工程师（投资）作为业务骨干应具有（　　）两个方面的能力。

A. 分析和判断问题的能力　　　　　　　B. 个人技能和工作经验

C. 创造性和工作经验　　　　　　　　　D. 工作方法和工作技巧

19. 注册咨询工程师（投资）的签名盖章权是指（　　）。

A. 注册咨询工程师（投资）主持受托咨询业务的权利

B. 用注册咨询工程师（投资）的名义主持完成咨询文本的权利

C. 注册咨询工程师（投资）主持完成咨询文本的知识产权

D. 注册咨询工程师（投资）在其主持完成的咨询文本上进行具有法律效力的签署权利

20. 规划按对象和功能可分为（　　）。

A. 技术规划和经济规划　　　　　　　　B. 综合规划和专项规划

C. 宏观规划和微观规划　　　　　　　　D. 长远规划和年度规划

21. 由政府通过招标的方式，选择社会专业化的项目管理单位，负责项目的投资管理和建设组织实施工作，项目建成后交付使用单位的制度被称作（　　）。

A. 代建制　　　　　B. 分责制　　　　　C. 招标制　　　　D. 专业化制

22. 在项目建议书阶段，投资估算和成本估算的精确度在±（　　）左右。

A. 20%　　　　　　B. 15%　　　　　　C. 10%　　　　　D. 5%

23. 注册咨询工程师（投资）的执业范围不包括（　　）。

A. 可行性研究报告编制　　　　　　　　B. 绩效跟踪评价

C. 工程招标投标技术咨询　　　　　　　D. 工程项目稽查

24. 建立工程咨询单位质量管理体系的目的是，使咨询质量能满足（　　）。

A. 业主和承包商的需求和期望　　　　　B. 客户和相关方的需求和期望

C. 咨询单位行业目标和方针　　　　　　D. 客户和相关方对质量和安全的要求

25. 进行项目投资机会研究，把握好投资机会的关键在于（　　）。

A. 利用规划研究成果　　　　　　　　　B. 明确投资方案

C. 做好项目论证　　　　　　　　　　　D. 选对投资方向

26. 采用逻辑框架法进行项目分析、项目实施的前提条件是（　　）。

  A. 实施   B. 执行   C. 产出   D. 投入

27. 在下列综合评价的工作程序环节中，最先进行的是( )。

  A. 确定评价范围 B. 确定评价目标 C. 确定评价指标 D. 确定综合评价标准

28. 项目层次经济评价的理论基础主要是( )。

  A. 宏观经济学   B. 微观经济学   C. 会计学   D. 规划学

29. ( )的中心任务，归结为"四控二管一协调"。

  A. 工程咨询   B. 工程监理   C. 工程投资   D. 工程管理

30. 政策研究咨询是宏观专题研究和( )的一个重要组成部分，对政府规划的编制和政策的修订有重要意义。

  A. 微观专题研究   B. 投资决策咨询研究

  C. 国际合作专题研究   D. 理论和方法研究

31. 综合布线系统、机房系统属于信息系统的各个层次结构中( )的内容。

  A. 系统管理层   B. 应用支撑层   C. 网络基础层   D. 基础环境层

32. 在进行评标时，对于技术复杂、专业性强的项目，适合采用( )。

  A. 质量成本评估法 B. 质量评估法   C. 固定预算评估法 D. 最低评标价法

33. 项目准备阶段的融资咨询主要是从( )角度出发的。

  A. 项目出资人或投资者   B. 政府主管部门

  C. 项目法人或企业法人   D. 项目采购主管部门

34. 项目建设准备阶段的工程咨询包含( )。

  A. 勘察设计   B. 效益评估   C. 生产准备   D. 合同管理

35. 投资体制改革规定，国家对我国企业到境外投资资源开发类和大额用汇项目实行( )。

  A. 统一管理   B. 审批管理   C. 核准管理   D. 落地管理

36. 一般情况下，下列工程咨询服务项目中，收费标准最低的是( )。

  A. 编制项目建议书   B. 编制可行性研究报告

  C. 评估项目建议书   D. 评估可行性研究报告

37. 全国优秀工程咨询成果奖的评奖原则不包括( )。

  A. 尊重知识，尊重人才   B. 重要性和专业性兼顾

  C. 公平、公开、公正   D. 当事人回避

38. ( )是工程设计的最终阶段，设计文件必须完全满足设备和材料采购、非标准设备制作、建筑及安装工程施工的需要，并注明工程合理使用年限。

  A. 总设计   B. 初步设计   C. 施工图设计   D. 技术设计

39. ( )是将项目的可验证指标与规范性文件进行对比，以检验项目的合法性、合理性、科学性和有效性。

  A. 规制对比   B. 横向对比   C. 有无对比   D. 标准对比

40. 项目竣工报告是由( )编制的项目实施总结，主要从工程质量、进度和造价方面总结项目的建设工作。

  A. 项目经理   B. 验收小组   C. 监理单位   D. 项目业主

41. 《工程咨询单位资格认定办法》是由( )发布的。

  A. 国家发展和改革委员会   B. 住房和城乡建设部

C. 国务院   D. 国家建设委员会

42. 乙级资格的工程咨询单位，在取得资格证书（   ）后可以按照规定的等级标准和程序申请办理升级或扩大专业服务范围。

    A. 1 年   B. 2 年   C. 3 年   D. 5 年

43. 项目后评价报告的一般格式中，报告正文提纲含有（   ）专门一章。

    A. 项目社会评价   B. 项目环境影响评价

    C. 项目建议书评价   D. 目标和可持续评价

44. （   ）是项目实施与运营过程中各个时点状态之比。

    A. 有无对比   B. 前后对比   C. 横向对比   D. 规制对比

45. 我国工程咨询协会的常务理事会由理事会选举产生，常务理事会人数一般不超过理事人数的（   ）。

    A. 1/2   B. 2/3   C. 1/3   D. 3/5

46. 注册咨询工程师（投资）的重新申请初始注册的申请人是（   ）。

    A. 曾被注销注册的人员   B. 曾变更注册的人员

    C. 没能完成初始注册的人员   D. 没能完成继续注册的人员

47. 当任何合法组成的机构对工程咨询服务或建设合同的管理进行调查时，咨询工程师应充分予以合作，这是 FIDIC 职业道德准则的（   ）的内容之一。

    A. 对社会和咨询业负责   B. 廉洁

    C. 对他人公正   D. 反腐败

48. 业主进行工程咨询邀请招标的程序中不包括（   ）。

    A. 制定评选方法和标准   B. 确定短名单

    C. 在媒体上刊登招标广告   D. 邀请咨询公司合同谈判

49. 在公开竞争性招标中，通常要对投标人进行（   ）。

    A. 资格调查   B. 资格审查   C. 资格评定   D. 资格预审

50. 工程咨询招标中，技术建议书的概述部分主要介绍投标单位（包括合作者）的名称，说明建议书的结构与主要内容，简述投标单位的优势以及（   ）。

    A. 对本项目的合理化建议

    B. 投标单位的信誉

    C. 建议方案的先进性

    D. 对工作大纲中的每项任务的工作范围与深度的理解

51. 对于世界银行的贷款项目，工程咨询招标的短名单由（   ）批准。

    A. 评标委员会   B. 世界银行

    C. 贷款国主管部门   D. 世界银行和借款国主管部门

52. 注册造价工程师注册有效期限为（   ）。

    A. 2 年   B. 3 年   C. 4 年   D. 5 年

53. 风险转移是工程项目风险管理中非常重要而且广泛应用的一项对策，主要分为两种形式：（   ）与财务型风险转移。

    A. 非保险型风险转移   B. 保险型风险转移

    C. 随机型风险转移   D. 控制型风险转移

54. 风险事故发生的不确定性，是由内外部环境的复杂性和(　　)导致的。
   A. 多种风险因素共同起作用　　　　　B. 风险管理措施不力
   C. 风险事故的多样性　　　　　　　　D. 人们对未来事物变化的预测能力有限

55. 2005 年的 FIDIC 年会于 9 月 4 日～9 月 8 日在(　　)举行。
   A. 匈牙利布达佩斯　　B. 中国北京　　C. 法国巴黎　　D. 丹麦哥本哈根

56. 工程咨询单位承担违约责任的原则中，不包括(　　)。
   A. 必须在交纳赔偿金或违约金后才能免除当事人履约责任的原则
   B. 赔偿金额确定应遵循"公平、合理、可行"的原则
   C. 以严格责任作为承担违约责任的归责原则
   D. 违约金与定金择一适用原则

57. 在工程咨询合同的违约责任方式中，违约金与定金原则应(　　)。
   A. 择一适用　　　　B. 同时适用　　　　C. 附加适用　　　　D. 混合适用

58. 一份有效的仲裁协议应具备的要素不包括(　　)。
   A. 仲裁协议必须采取书面形式　　　　B. 双方有请求仲裁的意思表示
   C. 属于仲裁委员会的受理范围　　　　D. 仲裁结果经由双方认同

59. 我国发明专利的保护期为(　　)。
   A. 10 年　　　　　B. 15 年　　　　　C. 20 年　　　　　D. 25 年

60. 招标代理人泄露应当保守的与招标投标活动有关的资料，应处以(　　)的罚款。
   A. 1 万元以上 3 万元以下　　　　　　B. 3 万元以上 5 万元以下
   C. 10 万元以上 20 万元以下　　　　　D. 5 万元以上 25 万元以下

二、多项选择题（共 35 题，每题 2 分。每题的备选项中，有 2 个或 2 个以上符合题意，至少有 1 个错项。错选，本题不得分；少选，所选的每个选项得 0.5 分）

61. 我国项目核准咨询不同于传统的项目评估在于(　　)。
   A. 由项目运营效果分析转变为全项目周期分析
   B. 由概括的总体评估转变为具体的指标评估
   C. 由项目的内部条件评价转变为项目外部影响评价
   D. 由项目微观层次分析上升到国家和地区宏观层次分析
   E. 由工程技术分析为主变为以经济、社会分析为主

62. 工程保险的主要险别有(　　)。
   A. 建设工程一切险　　　　　　　　　B. 安装工程一切险
   C. 责任保险　　　　　　　　　　　　D. 机动车辆险
   E. 经营承诺险

63. 项目准备阶段后评价主要分析评价的内容有(　　)。
   A. 主要变化　　　　　　　　　　　　B. 变化原因
   C. 变化影响　　　　　　　　　　　　D. 变化范围
   E. 对策建议

64. 工程设计以批准的可行性研究报告为依据，一般分为(　　)。
   A. 总设计　　　　　　　　　　　　　B. 技术设计
   C. 施工图设计　　　　　　　　　　　D. 设计审查

E. 扩大初步设计

65. 逻辑框架法在项目研究中分为（　　）。

A. 采集阶段
B. 解读阶段
C. 分析阶段
D. 计划阶段
E. 结论阶段

66. 工程咨询投资按固定资产投资的使用构成不同，可分为（　　）。

A. 固定资产投资
B. 建筑安装工程费
C. 流动资产投资
D. 设备与工器具购置费
E. 其他费用

67. 国际上，一般把项目定义为"一种临时性的创造、一项唯一产品和服务的任务"。该定义体现了（　　）。

A. 项目的临时性
B. 项目的唯一性
C. 项目的排他性
D. 项目是一项工作任务
E. 项目是目的物

68. 世界银行从贷款流转、使用与管理的角度，将项目周期细化为（　　）工作阶段。

A. 项目立项
B. 项目准备
C. 项目执行和监督
D. 项目后评价
E. 项目实施

69. 投标文件中，财务建议书的内容包括（　　）。

A. 咨询费用总金额
B. 咨询人员酬金估算明细
C. 可报销费用估算明细
D. 保险费估算明细
E. 不可预见费估算

70. 下列关于工程招标代理机构资格证书有效期的叙述，正确的是（　　）。

A. 特级资格证书有效期 5 年
B. 甲级资格证书有效期 5 年
C. 乙级资格证书有效期 3 年
D. 丙级资格证书有效期 3 年
E. 暂定级资格证书有效期 3 年

71. 项目决策管理层在实施阶段的项目决策管理内容有（　　）。

A. 组织正常运行
B. 工程投资、进度等重大调整
C. 运营中的绩效监督
D. 工程监控（中间评价或绩效评价）
E. 组织工程竣工（或验收）

72. （　　）的资格，由国务院有关主管部门认定。

A. 工程设计
B. 招标代理
C. 工程监理
D. 设备监理单位
E. 工程咨询

73. 根据工程咨询业务的特点，工程咨询单位的组织设计应考虑的因素有（　　）。

A. 体现客户需求与市场导向，能够对市场需求及时反应并有效决策
B. 组织机构有一定的弹性和灵活性，便于根据不同客户和任务要求迅速组织项目小组
C. 体现对业务以及员工的职能管理
D. 突出专业人员或专家的系统管理

E. 业务开发部门、协调部门与执行部分合并，以突出咨询服务营销、客户管理、合同管理及法律事务管理方面的职能

74. 下列关于知识产权的叙述，正确的是（ ）。

A. 知识产权是一种民事权利

B. 知识产权是一种财产权

C. 知识产权可以通过转让的形式来产生经济收益

D. 知识产权可以通过许可他人使用的形式来产生经济收益

E. 知识产权不可以通过继承的形式来产生经济收益

75. 按照投资宏观调控意图，可以将投资项目分为（ ）。

A. 经营性项目   B. 竞争性项目

C. 基础设施项目   D. 生产性项目

E. 公益性项目

76. 风险指未来的不确定性对实现经营目标的影响，一般可分为（ ）等。

A. 全面风险   B. 战略风险

C. 市场风险   D. 财务风险

E. 法律风险

77. 一般机会研究分为（ ）。

A. 地区机会研究   B. 部门机会研究

C. 专题机会研究   D. 资源开发机会研究

E. 资源机会研究

78. 可行性研究的具体要求主要包括（ ）。

A. 预见性   B. 公平性

C. 可靠性   D. 科学性

E. 公正性

79. 工程咨询单位项目经理应具备的素质有（ ）。

A. 符合咨询项目管理要求的领导和协调能力

B. 相应的咨询项目管理经验和业绩

C. 良好的职业道德

D. 符合咨询项目管理任务的专业技术知识

E. 良好的身体素质

80. 对项目决策的后评价包括（ ）。

A. 项目决策程序的分析   B. 投资决策内容的分析与评价

C. 决策方法的分析与评价   D. 项目评估方法的分析与评价

E. 项目设计水平的分析与评价

81. 实行工程监理制的目的是（ ）。

A. 确保工程建设质量   B. 控制工程进度和投资

C. 提高投资效益   D. 明显增加成本

E. 提高社会效益

82. 工程咨询的通用方法有（ ）。

A. 专家判断法   B. 蒙特卡洛模拟法

C. 赢值法   D. 对比分析法

E. 系统分析法

83. 定性和定量相结合的方法有( )。

A. 统计分析法   B. 决策分析法

C. 系统分析法   D. 层次分析法

E. 预测分析法

84. 下列选项中，属于现代工程咨询方法体系中专业方法的有( )。

A. 财务分析法   B. 项目进度控制方法

C. 哲学方法   D. 战略分析方法

E. 逻辑方法

85. 一个完整的信息系统通常具有( )的功能。

A. 数据收集与输入   B. 数据存储与传输

C. 数据加工处理与输出   D. 数据分类与再加工

E. 查询与统计分析

86. 逻辑框架的逻辑关系分为( )。

A. 垂直逻辑关系   B. 水平逻辑关系

C. 系统逻辑关系   D. 纵向逻辑关系

E. 横向逻辑关系

87. 合同金额在限额以内，需要较长时间陆续完成的系列咨询服务项目，并符合( )情形之一的，可采用框架合同选聘方式。

A. 工程项目管理咨询或几个阶段咨询的系列项目

B. 咨询服务内容和特点相同的项目

C. 咨询服务内容和特点不同的短期、简单的项目

D. 不能事先计算出咨询服务费用总额的项目

E. 单项咨询服务合同金额在规定的限额之内的项目

88. 质量成本评估法适用于( )。

A. 服务范围明确的咨询服务项目   B. 专业技术复杂的咨询服务项目

C. 专业性强的咨询服务项目   D. 专业技术不太复杂的咨询服务项目

E. 咨询服务成本容易计算的咨询服务项目

89. 工程咨询服务计费方式有( )。

A. 人月费单价法   B. 顾问费法

C. 按日计成本法   D. 总价法

E. 工程造价百分率法

90. 《工程咨询服务协议书试行本》的附录包括( )。

A. 协议书格式

B. 客户提供的职员、设备和设施与其他人员的服务 3 份表格

C. 委托服务范围

D. 报酬和支付

E. 责任保险范围

91. 工程咨询单位资格等级共包括（　　）。

   A. 甲级　　　　　　　　　　　　　　B. 乙级

   C. 丙级　　　　　　　　　　　　　　D. 丁级

   E. 中级

92. 执行委员会代表 FIDIC 在全球范围内保持并提升它的形象，包括（　　）。

   A. 与行业利益有关的国际组织和官员保持联系

   B. 执委、秘书处的秘书长和总经理定期访问各国成员协会

   C. 就有关问题向有关各方和媒体提出本组织的观点

   D. 在所有出版物和制定的文件中保持高度专业的形象

   E. 批准下一年度财务预算

93. 工程咨询服务协议书的附录内容包括（　　）。

   A. 委托工程咨询服务范围　　　　　　B. 客户授权代表

   C. 客户提供的支援、设备、设施服务　　D. 报酬和支付

   E. 补充和修正文件

94. 知识产权的特征有（　　）。

   A. 知识产权客体的无形性

   B. 某些知识产权具有财产权和人身权的双重性

   C. 依法审查确认性

   D. 客观性和科学性

   E. 地域性和时间性

95. 近年来，FIDIC 年会的主要内容包括（　　）。

   A. FIDIC 理事研讨会　　　　　　　　B. 庆祝晚宴

   C. 各委员会会议　　　　　　　　　　D. 大会主题演讲

   E. FIDIC 论坛

参考答案

一、单项选择题

1	D	2	B	3	D	4	D	5	C
6	A	7	C	8	C	9	B	10	B
11	D	12	D	13	C	14	B	15	B
16	D	17	C	18	B	19	D	20	B
21	A	22	A	23	D	24	B	25	D
26	D	27	B	28	B	29	B	30	B
31	D	32	B	33	C	34	A	35	C
36	C	37	B	38	C	39	D	40	D
41	A	42	B	43	D	44	A	45	C
46	A	47	D	48	C	49	D	50	C
51	D	52	C	53	D	54	D	55	B
56	A	57	A	58	D	59	C	60	D

二、多项选择题

61	CDE	62	ABCD	63	ABCE	64	CE	65	CD
66	BDE	67	ABD	68	ABCD	69	ABCE	70	BE
71	BDE	72	ABCD	73	ABD	74	ABCD	75	BCE
76	BCDE	77	ABD	78	ACDE	79	ABCD	80	ABC
81	ABCE	82	ADE	83	CD	84	ABD	85	ABCE
86	AB	87	ABC	88	ACE	89	ABDE	90	BCD
91	ABC	92	ABCD	93	ACD	94	ABCE	95	BCDE

工程咨询概论（二）

一、单项选择题（共60题，每题1分。每题的备选项中，只有1个最符合题意）

1. 我们一般意义上所说的工程监理实际属于（　　）。

　　A. 全过程咨询服务　　B. 阶段性咨询服务　　C. 承包工程咨询服务　　D. 管理咨询服务

2. 工程咨询的基础性条件是（　　）。

　　A. 有关理论研究　　　B. 人才的培养　　　C. 市场竞争能力　　　D. 技术和市场信息

3. （　　）是市场营销的基础工作。

　　A. 市场开拓　　　　　B. 市场调查　　　　C. 市场进驻　　　　　D. 市场细分

4. 国际上一般把项目定义为"一种（　　）的、创造一项唯一产品和服务的任务"。

　　A. 临时性　　　　　　B. 一次性　　　　　C. 有时间性　　　　　D. 强调实用性

5. 工程设计、招标代理、工程监理单位的资格，由（　　）来认定。

　　A. 国务院有关主管部门　　　　　　　　B. 住房和城乡建设部

　　C. 国家发展和改革委员会　　　　　　　D. 国务院

6. 工程咨询提供（　　）服务。

　　A. 实物　　　　　　　B. 知识　　　　　　C. 智力　　　　　　　D. 技术

7. 建立质量管理体系的依据和基础是（　　）。

　　A. 行业规范　　　　　　　　　　　　　B. 相关法规

　　C. 质量方针、目标　　　　　　　　　　D. 当前工程建设的现状与需要

8. 我国规划体系中，企业自主编制的发展规划（　　）。

　　A. 酌情列入总体规划　　　　　　　　　B. 酌情列入专项规划

　　C. 酌情列入区域规划　　　　　　　　　D. 不属于国家规划范畴

9. 项目准备阶段的咨询业务不包括（　　）。

　　A. 工程设计　　　　　B. 项目机会研究　　C. 设计审查　　　　　D. 工程和设备采购

10. 项目决策管理是从（　　）的利益和项目目标出发，对项目从策划到投入运营全过程的监督和管理。

　　A. 项目法人　　　　　B. 投资者　　　　　C. 项目经理　　　　　D. 项目业主

11. 政府以资金注入的方式投资项目，可以行使相应的（　　）。

　　A. 收益权　　　　　　B. 经营权　　　　　C. 股东权力　　　　　D. 监督管理权

12. 从狭义上看，项目融资是以抵押的形式取得的一种没有或仅有有限（　　）的融资或贷款。

　　A. 收益权　　　　　　B. 追索权　　　　　C. 监督权　　　　　　D. 介入权

13. （　　）是项目从开工建设至竣工总结的过程。

　　A. 项目准备阶段　　　B. 项目运营阶段　　C. 项目实施阶段　　　D. 项目竣工阶段

14. 工程咨询服务对象不包括（　　）。

　　A. 为出资人服务　　　B. 为政府机关服务　　C. 为项目业主服务　　D. 为承包商服务

15. 银行要求咨询工程师（投资）不受（　　）的影响，提出客观、公正的报告。

A. 资金来源和融资渠道　　　　　　　　　B. 环境和生态保护

C. 项目规模和技术　　　　　　　　　　　D. 业主和项目当事人

16. 项目竣工咨询中，建设阶段顺利转入运营阶段的必要条件是（　　）。

A. 项目运营准备　　B. 项目工程质量验收　　C. 编制竣工决算书　　D. 进行试运营

17. 进行项目成功度测评，评价人员首先应确定指标（　　）。

A. 与项目相关程度　　B. 持续时间　　　　C. 影响阶段　　　　D. 资金权重

18. 注册咨询工程师（投资）的知识结构应是（　　）。

A. 管理型　　　　　　B. 专业技术型　　　C. 复合型　　　　　D. 开拓型

19. 严格保守在执业中知悉的（　　）是注册咨询工程师（投资）的一项基本义务。

A. 咨询计划　　　　　　　　　　　　　　B. 咨询项目的内容

C. 新设备与新材料　　　　　　　　　　　D. 单位、个人技术和经济秘密

20. 发展战略的关键是确立咨询单位的（　　）和发展目标，识别并培育能够完成目标的核心竞争力。

A. 组织设计　　　　　B. 机构设置　　　　C. 管理制度　　　　D. 业务定位

21. 当前，我国大中型工程项目施工的项目经理必须由取得（　　）的人员担任。

A. 咨询工程师（投资）注册证书　　　　　B. 建造师注册证书

C. 投资建设项目管理师注册证书　　　　　D. 房地产经纪人注册证书

22. 在进行系统分析时，倘若决策者对于系统评价的结果不满意，则应当进入（　　）阶段。

A. 系统研究　　　　　B. 系统设计　　　　C. 系统协调与反馈　　D. 系统量化

23. 注册咨询工程师（投资）是从事建设项目前期投资咨询为主，同时兼顾（　　）中与投资相关的咨询业务，并取得《中华人民共和国注册咨询工程师（投资）执业资格证书》和《注册咨询工程师（投资）注册证》的专业技术人员的统称。

A. 经济建设全过程　　B. 工程管理全过程　　C. 项目决策全过程　　D. 项目实施全过程

24. 咨询工程师在项目投资机会研究中，首先应分析（　　）。

A. 项目的市场机会　　B. 业主的投资动机　　C. 项目的融资条件　　D. 地理区位优势

25. 建立质量管理体系，贯彻 GB/T 19000 系列标准，应在单位内部充分沟通、统一认识的基础上，由单位的（　　）作出决策。

A. 领导者　　　　　　B. 最高管理者　　　C. 执行者　　　　　D. 操作者

26. 项目地区长远、可持续发展目标的核心是项目的（　　）。

A. 环境生态影响和社会影响　　　　　　　B. 经济和政治影响

C. 自然和人文影响　　　　　　　　　　　D. 利益和期望影响

27. 采用综合评价法进行工程咨询工作，可以反映总量、规模的指标是（　　）。

A. 定量指标　　　　　B. 定性指标　　　　C. 相对指标　　　　D. 绝对指标

28. 在委托某工程咨询单位完成项目可行性研究报告后，项目决策者为分析其可靠性，往往聘请（　　）对其进行评估。

A. 有关行业主管部门　　　　　　　　　　B. 另一家工程咨询机构

C. 该可研报告编制单位　　　　　　　　　D. 金融机构

29. 项目进度计划的编制，包括项目进度安排、施工组织等，通常用（　　）表示。

A. 工艺流程图　　　　B. 逻辑框架图　　　C. 线条图　　　　　D. 双曲线图

30. 项目可行性研究中，项目财务评价的投资现金流量估算的原则是（　　）。

    A. 现金预测   B. 前后对比   C. 投入产出对比   D. 有无对比

31. 工程咨询成本管理系统对工程咨询项目执行过程中产生的（　　）进行管理。

    A. 总成本   B. 直接成本

    C. 直接成本和间接成本   D. 直接工程成本

32. 在进行评标时，对于委托服务范围明确、专业技术不太复杂、咨询服务成本容易计算的咨询服务项目，适合采用（　　）。

    A. 质量成本评估法   B. 质量评估法   C. 固定预算评估法   D. 最低评标价法

33. 项目准备阶段的融资咨询主要是从（　　）角度出发的。

    A. 项目出资人或投资者   B. 政府主管部门

    C. 项目法人或企业法人   D. 项目采购主管部门

34. 下列不属于工程咨询单位发展目标的是（　　）。

    A. 市场目标   B. 贡献目标   C. 盈利目标   D. 核心目标

35. 在项目实施阶段，工程管理的核心是（　　）。

    A. 信息管理   B. 进度管理   C. 合同管理   D. 劳务管理

36. 中国咨询协会组织机构的构成不包括（　　）。

    A. 会员代表大会   B. 理事会   C. 监事会   D. 常务理事会

37. 在保险监督管理委员会规定的范围内，客户可以要求工程咨询单位进行保险，费用由客户负担。下列选项中，不属于上述范畴的是（　　）。

    A. 对工程咨询单位的责任进行保险   B. 对公共或第三方的责任进行保险

    C. 对客户提供的财产进行保险   D. 对咨询工程的风险进行保险

38. 项目采购的对象包括（　　）。

    A. 工程和设备   B. 工程和服务

    C. 项目监理和工程设计   D. 服务、工程和货物

39. 在项目周期中，（　　）主要贯穿于项目前期和项目准备两个阶段。

    A. 项目投资   B. 工程设计   C. 项目融资   D. 项目调查

40. 项目自我总结评价是在项目竣工后，由（　　）进行的全面总结。

    A. 项目投资者   B. 项目法人   C. 咨询公司   D. 监理公司

41. 乙级工程咨询单位的基本条件要求中，对于从事工程咨询业务时间的要求是不少于（　　）。

    A. 1 年   B. 2 年   C. 3 年   D. 5 年

42. 下列关于乙级中央投资项目招标代理机构资格认定标准的叙述，正确的是（　　）。

    A. 注册资金应不少于 500 万元人民币

    B. 招标从业人员不得少于 50 人

    C. 招标专业人员中，具有中级及中级以上职称的技术人员不得少于 70%

    D. 申报金额累计在 15 亿元人民币以上

43. 工程咨询招标确定短名单时，考虑的主要因素和条件不包括（　　）。

    A. 公司的技术水平和综合实力   B. 公司完成类似项目的工作经验

    C. 公司在项目所在的类似地区的工作经验   D. 公司拥有的咨询工程师的学历和资历

44. 在项目管理中，（　　）是监督检查的最主要阶段。

    A. 策划决策阶段   B. 起始准备阶段   C. 投资实施阶段   D. 投产运营阶段

45. （　　）也称策略分析，是研究解决问题、实现目标的对策方案。

    A. 问题分析   B. 利益群体分析   C. 对策分析   D. 目标分析

46. 某工程总投资为 1.9 亿元人民币，则该工程项目的招标代理业务应当由（　　）工程招标代理机构承接。

    A. 特级   B. 甲级   C. 乙级   D. 丙级

47. 下列选项中，可用于建设项目业主同咨询工程师签订服务协议书时参考使用的是（　　）。

    A. 《代表性协议范本》

    B. 《客户/咨询工程师（单位）服务协议书范本》

    C. 《工程咨询业质量管理指南》

    D. 《咨询分包协议书》

48. 工程咨询公司筛选拟承揽的项目时，应了解清楚项目的背景、资金情况、地理位置、自然条件等，是否属于公司擅长项目的类型以及（　　）。

    A. 项目投资额的高低   B. 项目的招标信息

    C. 项目的社会经济价值   D. 公司已有的资源

49. 工程咨询投标技术建议书附件中通常不包括（　　）。

    A. 工作大纲   B. 费用明细表   C. 邀请函   D. 公司实力介绍

50. 工程咨询服务的投标文件通常采用（　　）的形式。

    A. 合同书   B. 报告书   C. 说明书   D. 建议书

51. 在《工程咨询服务协议书试行本》B 部分专用条件中，对 8 类工程咨询服务提出了（　　）。

    A. 质量目标要求   B. 成本目标要求   C. 质量等级要求   D. 安全目标要求

52. FIDIC 的地区成员分会有（　　）。

    A. 欧洲成员协会   B. 非洲成员协会   C. 美洲成员协会   D. 亚洲成员协会

53. FIDIC 的使命是在不断提高会员企业商业利益的同时，接受和坚持工程咨询业的（　　）。

    A. 行业目标   B. 行业职责   C. 社会责任   D. 社会义务

54. 雇主要求投标人开具投标保函，将招标风险转移给投标人，在风险管理中属于（　　）。

    A. 财务型风险转移   B. 工程保险   C. 经济型风险转移   D. 非保险风险转移

55. 业主要求投标人开具投标银行保函，是将招标风险转移给投标人。这种风险管理方式属于（　　）风险转移。

    A. 担保型   B. 控制型   C. 非保险财务型   D. 工程保险型

56. ICE 是指（　　）。

    A. 英国工程咨询协会   B. 美国工程公司协会

    C. 英国土木工程师学会   D. 中国工程咨询协会

57. 咨询工程师验收工程质量时，发现某项技术指标不符合要求，在施工单位的请求下签发了合格证书，其行为不属于（　　）。

    A. 过失   B. 违约   C. 违法   D. 故意欺瞒

58. 工程咨询单位除（　　）的情况外，凡未能按合同完成咨询任务，给委托方造成经济损失的，都应承担违约责任。

    A. 提前通知   B. 不可抗力   C. 协商一致   D. 明确表示

59. WTO《与贸易有关的知识产权协议》将国际版权规则的管辖范围扩展到（　　）。

    A. 出租权　　　　　　B. 专用权　　　　　　C. 知识产权　　　　　　D. 著作权

60. 工程咨询单位在工程咨询成果所有权问题上应格外留意。在工程咨询工作中，首先要注意（　　）。

    A. 明确咨询成果归属问题　　　　　　B. 知识产权保护与管理工作

    C. 避免侵犯他人知识产权　　　　　　D. 保护自身知识产权

二、多项选择题（共35题，每题2分。每题的备选项中，有2个或2个以上符合题意，至少有1个错项。错选，本题不得分；少选，所选的每个选项得0.5分）

61. 注册咨询工程师（投资）要具备（　　）等多方面的工作能力。

    A. 分析判断和处理问题　　　　　　B. 组织和协调

    C. 学习提高　　　　　　D. 发现问题

    E. 熟练操作

62. 我国规划体系的特征有（　　）。

    A. 综合性　　　　　　B. 层次性

    C. 宏观性　　　　　　D. 微观性

    E. 各类规划互相重叠、互相支撑

63. 项目后评价需要提供的资料目录有（　　）。

    A. 项目前期文件　　　　　　B. 项目规划文件

    C. 项目实施文件　　　　　　D. 项目检测文件

    E. 项目自我总结评价报告

64. 工程咨询的特点有（　　）等。

    A. 业务范围弹性很大

    B. 每一项工程咨询任务都是一次性、复合的任务，只有重复，没有类似

    C. 高度智能化服务

    D. 提供智力服务

    E. 投资项目受相关条件的约束较大

65. 逻辑框架在进行规划评价时，应按照规划的（　　）来分析其要点、指标、优势条件和外部制约因素。

    A. 基础　　　　　　B. 条件

    C. 规划内容　　　　　　D. 规划目标

    E. 总目标

66. 世界银行从投资者的管理角度将贷款项目的周期划分为（　　）等阶段。

    A. 项目立项　　　　　　B. 项目评估

    C. 项目设计　　　　　　D. 项目准备

    E. 项目后评价

67. 我国根据投资管理体制和项目建设程序将投资项目周期划分为（　　）。

    A. 前期阶段　　　　　　B. 准备阶段

    C. 策划阶段　　　　　　D. 实施阶段

    E. 运营阶段

68. 项目的性质包括( )。

    A. 项目的长期性   B. 项目的相对性

    C. 项目的目标性   D. 项目的临时性

    E. 项目的约束性

69. 工程建设监理费包括( )。

    A. 直接成本开支   B. 间接成本开支

    C. 税金   D. 合理利润

    E. 预留金

70. 当事人在以下( )的情况下，其咨询工程师（投资）资格不予注册。

    A. 不具备完全民事行为能力

    B. 在工程咨询工作中有重大过失，受行政处罚不满 3 年

    C. 在工程咨询工作中有重大过失，受撤职以上行政处分不满 2 年

    D. 受刑事处罚，自处罚完毕之日起之申请注册之日不满 5 年

    E. 在申请注册过程中有弄虚作假行为

71. 我国项目建设程序中，大型复杂工程项目的设计分为( )。

    A. 初步设计   B. 技术设计

    C. 结构设计   D. 智能设计

    E. 施工图设计

72. 国际工程咨询企业主要呈现出的发展趋势包括( )。

    A. 国际化程度高   B. 企业功能多样化

    C. 注意核心业务能力建设   D. 地区局部军事冲突

    E. 注重企业文化建设

73. 注册咨询工程师（投资）的基本义务包含( )。

    A. 保证工程咨询质量

    B. 不可同时受聘于两个以上工程咨询单位

    C. 严格保守执业中知悉的单位、个人技术和经济秘密

    D. 参加专业进修

    E. 不得准许他人以本人名义执行工程咨询业务

74. 知识产权的特征有( )。

    A. 知识产权客体的无形性   B. 知识产权均具有财产权和人身权的双重性

    C. 依法审查确认性   D. 地域性

    E. 时效性

75. 项目决策层管理的特点有( )。

    A. 全局性   B. 战略性

    C. 全面性   D. 统领性

    E. 经常性

76. 工程咨询公司在经营战略方面侧重于( )。

    A. 进行咨询项目的风险分析   B. 采取科学的决策机制

    C. 明确发展目标的实施步骤   D. 确定公司长期发展目标

E. 研究商务竞争策略

77. 规划研究内容中，发展战略目标的技术目标一般包括（　　）。

A. 医疗卫生
B. 劳动生产率
C. 人力资源开发
D. 技术进步贡献率
E. 制造水平

78. 在规划目标清晰、发展条件充分、结构调整方向明确后，研究确定（　　）是规划研究的重要任务。

A. 经济政策
B. 投资方案
C. 备选项目
D. 环境目标
E. 风险防范措施

79. 工程咨询单位对项目经理的考核内容有（　　）。

A. 团队建设水平
B. 工程咨询合同的完成情况
C. 在项目实施中的领导和协调水平
D. 项目组的利润指标完成情况
E. 客户对项目经理工作的满意程度

80. 工程招标文件的内容包括（　　）。

A. 招标公告或投标邀请书
B. 合同条款
C. 技术标准、规范及有关技术文件
D. 招标代理委托书
E. 设计图纸

81. 可行性研究工作的主要步骤包括（　　）。

A. 开展专题研究
B. 了解业主意图并明确研究范围
C. 搜集资料并现场调研
D. 进行环境影响评价
E. 方案比选和评价

82. 按照方法的用途，咨询方法可以分为（　　）。

A. 通用方法
B. 定量分析方法
C. 统计分析方法
D. 预测分析方法
E. 决策分析方法

83. 项目后评价报告的主要内容包括（　　）。

A. 投资监理程序评价
B. 项目效益和效果评价
C. 项目目标和可持续性分析
D. 项目所需投入分析
E. 结论和经验教训

84. 标准对比的目的在于检验项目的（　　）。

A. 合理性
B. 合法性
C. 实际性
D. 科学性
E. 有效性

85. 信息层次结构中的安全系统技术手段包括（　　）。

A. 信息加密
B. 访问控制
C. 身份验证
D. 物理隔离
E. 对外隐藏

86. 项目后评价的全过程回顾和总结一般按（　　）几个阶段进行。

A. 项目前期决策　　　　　　　　　　　B. 项目总结评价

C. 项目建设准备　　　　　　　　　　　D. 项目投产运营

E. 项目建设实施

87. 工程咨询服务计费的方式有（　　　）。

A. 顾问费法　　　　　　　　　　　　　B. 单价法

C. 固定成本的酬金法　　　　　　　　　D. 工程造价百分率法

E. 人月费单价法

88. 工程咨询邀请招标也称有限竞争性招标，其特点是（　　　）。

A. 招标工作量小　　　　　　　　　　　B. 最适合于工程项目勘察设计招标

C. 工作内容不太复杂，咨询项目金额不大　D. 可以节约时间和费用

E. 邀请的公司较少

89. 在评价工程咨询公司提交的技术建议书时，对项目咨询人员考察的因素包括（　　　）。

A. 从事工程咨询工作年限　　　　　　　B. 从事与该项目相关专业的经验

C. 在类似地区的工作经验　　　　　　　D. 完成工程咨询项目数量

E. 知识面

90. 规定中国工程咨询业质量管理的基本原则有（　　　）。

A. 以客户为关注焦点　　　　　　　　　B. 发挥领导作用

C. 全员管理　　　　　　　　　　　　　D. 进行过程管理

E. 要与相关方建立互利的关系

91. 《中华人民共和国招标投标法》规定，必须进行招标的工程咨询服务有（　　　）。

A. 建设监理　　　　　　　　　　　　　B. 项目后评价

C. 项目可行性研究　　　　　　　　　　D. 发展规划咨询

E. 工程勘察设计

92. 项目的风险损失一览表通常将风险划分为直接损失风险、间接损失风险以及（　　　）。

A. 财产损失风险　　　　　　　　　　　B. 净收入损失风险

C. 人身损失风险　　　　　　　　　　　D. 隐蔽损失风险

E. 责任损失风险

93. 工程咨询单位认定综合经济专业的条件是（　　　）。

A. 单位资质为甲级以上　　　　　　　　B. 单位资质为乙级以上

C. 单项专业资格不少于 8 个　　　　　　D. 经济专业高级职称人员 8 名以上

E. 工程技术经济专业的注册咨询工程师（投资）4 名以上

94. 根据建设项目的规模、工期和复杂程度的不同，DAB 可由（　　　）组成。

A. 1 人　　　　　　　　　　　　　　　B. 3 人

C. 5 人　　　　　　　　　　　　　　　D. 7 人

E. 9 人

95. 工程咨询争端当事人解决合同争议的方法有（　　　）。

A. 和解　　　　　　　　　　　　　　　B. 认可

C. 调解　　　　　　　　　　　　　　　D. 仲裁

E. 诉讼

参考答案

一、单项选择题

1	D	2	D	3	B	4	A	5	A
6	C	7	C	8	D	9	B	10	B
11	C	12	B	13	C	14	B	15	D
16	A	17	A	18	C	19	D	20	D
21	B	22	C	23	A	24	B	25	B
26	A	27	D	28	B	29	C	30	D
31	B	32	A	33	D	34	D	35	C
36	C	37	D	38	D	39	C	40	B
41	C	42	D	43	D	44	C	45	C
46	B	47	B	48	C	49	B	50	D
51	A	52	B	53	C	54	D	55	C
56	C	57	D	58	B	59	A	60	C

二、多项选择题

61	ABCE	62	ABE	63	ACE	64	ACDE	65	ACDE
66	ABDE	67	ABDE	68	BCDE	69	ABCD	70	ACDE
71	ABE	72	ABCE	73	ABE	74	ACDE	75	ABD
76	BCD	77	CDE	78	BC	79	BCDE	80	ABCE
81	BCE	82	CDE	83	BCE	84	ABDE	85	ABCD
86	ACDE	87	ADE	88	ACDE	89	ABC	90	ABDE
91	AE	92	BCDE	93	CE	94	AB	95	ACDE

工程咨询概论（三）

一、单项选择题（共 60 题，每题 1 分。每题的备选项中，只有 1 个最符合题意）

1. 工程咨询的（   ），并非无原则地调和或折中，也不是简单地在矛盾的双方保持中立。
   A. 独立性　　　　B. 公正性　　　　C. 科学性　　　　D. 合法性

2. 下列选项中对国际咨询业发展现状的特点的表述，不正确的是（   ）。
   A. 发达国家工程咨询业优势明显　　　　B. 国际工程市场竞争激烈
   C. 发展中国家的工程咨询业刚刚起步　　D. 国际交流合作日益频繁

3. 我国投资体制改革后，对非经营性政府投资项目加快推行了（   ）。
   A. 代建制　　　　　　　　　　　　　　B. 量化竞争机制
   C. 强制咨询政策　　　　　　　　　　　D. 分类产业投入论证制度

4. 工程咨询单位的（   ）是从事市场中介服务的法律基础，是坚持客观、公正立场的前提条件，是赢得社会信任的重要因素。
   A. 科学性　　　　B. 公正性　　　　C. 独立性　　　　D. 合理性

5. 注册咨询工程师（投资）的报名考试遵循（   ）的原则。
   A. 属地化　　　　B. 部门化　　　　C. 时效化　　　　D. 专业化

6. 在正常条件下，项目主要采购合同签订应在项目（   ）开始前完成。
   A. 策划阶段　　　B. 准备阶段　　　C. 实施阶段　　　D. 完工阶段

7. 工程咨询单位完成咨询任务的基本单元是（   ）。
   A. 项目　　　　　B. 单位工程　　　C. 单项工程　　　D. 分部工程

8. 《职业健康安全管理习题规范》（GB/T 28001—2001）是由（   ）颁布的。
   A. 国务院　　　　　　　　　　　　　　B. 住房和城乡建设部
   C. 国家质检总局　　　　　　　　　　　D. 建设工程安全监督总局

9. 下列不属于工程咨询原则的是（   ）。
   A. 独立　　　　　B. 学科　　　　　C. 公正　　　　　D. 科学

10. 项目决策管理是指（   ）对项目的管理。
    A. 投资者　　　　B. 公司监事会　　C. 项目法人　　　D. 政府机构

11. 将我国规划体系分为总体规划、专项规划、区域规划的划分依据是（   ）。
    A. 对象和功能　　B. 行政层级　　　C. 规划类别　　　D. 规划对象

12. 政府投资补助项目的特点不包括（   ）。
    A. 政府投入资金具有有偿性　　　　　　B. 有一定的经济收入
    C. 具有公益性特征　　　　　　　　　　D. 具有经营性特征

13. 项目后评价工作一般是由（   ）负责委托组织完成的。
    A. 项目法人　　　B. 工程咨询单位　C. 政府部门　　　D. 出资人或其代表

14. 在我国工程咨询业，（   ）是起骨干作用的专业技术人员。
    A. 注册咨询工程师　　　　　　　　　　B. 咨询工程师

C. 注册咨询工程师（投资）　　　　　　D. 咨询工程师（投资）

15. 项目业主为了降低项目风险和融资成本，往往需要（　　）。

    A. 银行参股　　　　　　　　　　　　B. 律师事务所提供服务

    C. 会计师事务所提供咨询服务　　　　　D. 工程咨询单位提供咨询服务

16. 工程设计初步设计文件的组成部分不包括（　　）。

    A. 设计说明书　　　　B. 明细演算资料　　　C. 工程概算　　　　D. 设计图纸

17. 下列选项中，对于项目后评价的叙述错误的是（　　）。

    A. 项目后评价是项目周期的一个环节

    B. 项目后评价咨询服务的根本原则是实践是检验真理的唯一标准

    C. 项目后评价的目的是把握项目运营或生产状况

    D. 项目后评价是决策管理的一种重要手段

18. 注册咨询工程师（投资）被注销注册后，（　　）。

    A. 不得重新注册　　　　　　　　　　B. 注销注册的原因消除后，可重新注册

    C. 两年后可重新注册　　　　　　　　D. 具有申请注册资格者可重新注册

19. （　　）是指投保人必须对保险标的有可保利益，否则所签订的保险合同无效。

    A. 最大诚信原则　　　B. 损失补偿原则　　　C. 近因原则　　　　D. 可保利益原则

20. （　　）是工程咨询单位的生命线，是其形象荣誉的表征，也是核心竞争能力的最终反映。

    A. 咨询服务质量　　　　　　　　　　B. 专家人才队伍建设和核心专业人才的培养

    C. 先进的工具和手段　　　　　　　　D. 执业道德规范，注重维护组织形象

21. 工程项目管理的主体是项目管理者，工程项目管理的对象是（　　）。

    A. 分包单位的行为　　B. 项目组织　　　　C. 工程建设项目　　D. 工程建设主体行为

22. 实行代建制的建设项目，下列选项属于代建单位在建设实施阶段的工作内容的是（　　）。

    A. 编制可行性研究报告　　　　　　　B. 办理土地征用报批

    C. 编制工程决算报告　　　　　　　　D. 保驾维修

23. 规划咨询中，规划发展思路是在（　　）基本确定之后再研究明确的。

    A. 规划评估　　　　　B. 规划条件　　　　　C. 规划专题研究　　D. 规划目标

24. 通过项目评估的逻辑框架，能清楚看出各种目标之间的（　　）、制约条件及需要解决的问题。

    A. 有无关系　　　　　B. 对比关系　　　　　C. 上下关系　　　　D. 层次关系

25. （　　）是建立和保持质量管理体系有效运行的重要基础工作，是建立和评价质量管理体系，进行质量改进的依据。

    A. 质量管理体系策划　　　　　　　　B. 质量管理体系实施

    C. 质量管理体系文件　　　　　　　　D. 质量管理体系总体设计

26. 在进行系统评价时，按照时间顺序，下列选项排在最前面的是（　　）。

    A. 明确被评价系统的目标与属性　　　B. 明确被评价的系统对象

    C. 确定评价准则　　　　　　　　　　D. 选定评价标准

27. 编制项目逻辑框架，规划层次的"项目目的"对应项目层次的（　　）。

    A. 总目标　　　　　　B. 项目目标　　　　　C. 结果　　　　　　D. 行动

28. 项目投资效益的好坏关键在于（　　）。

A. 资源   B. 业主   C. 规模   D. 市场

29. 在建筑管理合同中，投资人雇用承包商直接建造工程，但是与此同时投资人也直接雇用一个（　　）控制工程。

     A. 专业咨询工程师   B. 专业建造咨询公司

     C. 专业建造管理公司   D. 专业咨询公司

30. （　　）是项目周期的一个环节，是项目决策管理不可缺少的重要手段。

     A. 项目竣工   B. 项目结算   C. 项目后评价   D. 项目评估

31. 某咨询公司需要对两个技术方案进行综合评价，提出四个评价指标，分别是先进性、适用性、可靠性、经济性，权重分别为 0.25、0.25、0.20、0.30，其中方案一的各项得分分别为 8、10、9、6，则按照加法法则，该方案综合评价价值得分为（　　）。

     A. 8.25   B. 9   C. 8.1   D. 7.7

32. 公开招标是指招标人依法以（　　）的形式邀请不特定的法人或其他组织参加投标。

     A. 发出投标邀请书   B. 发布招标公告   C. 发出要约邀请   D. 发出要约

33. 政府直接投资的项目在实施中应特别强调实行（　　）。

     A. 代理制   B. 代建制   C. 委托制   D. 托管制

34. 在工程招标咨询中，咨询工程师的大部分精力要用于（　　）。

     A. 评定工程标书   B. 刊登招标广告   C. 收集各种标书   D. 准备招标文件

35. 在项目周期中，融资咨询一般贯穿于（　　）两个阶段。

     A. 项目可研和项目规划   B. 项目策划和项目准备

     C. 项目采购和项目准备   D. 概念设计和基本设计

36. 目前国际上最广泛采用的工程咨询服务计费方式是（　　）。

     A. 按月计费   B. 按日计费法

     C. 成本加酬金计费法   D. 工程造价百分率法

37. 假设中国咨询协会共有 25 名理事，则（　　）理事出席方能召开理事会。

     A. 13 名   B. 15 名   C. 17 名   D. 20 名

38. 项目跟踪评价中的项目监测作为项目监督和评价的基础，是（　　）实施项目管理的工具和手段。

     A. 项目监理工程师   B. 项目法人   C. 公司董事会   D. 项目出资人

39. 工程管理的核心是（　　）。

     A. 质量管理   B. 合同管理   C. 安全管理   D. 技术管理

40. 项目竣工报告是由（　　）编制的项目实施总结，主要从工程质量、进度和造价方面总结项目的建设工作。

     A. 项目经理   B. 验收小组   C. 监理单位   D. 项目业主

41. 工程咨询服务协议书从（　　）之日起生效。

     A. 双方正式签字   B. 要约到达受要约一方

     C. 承诺到达要约一方   D. 要约邀请到达对方

42. 工程咨询单位资质要求中，对于专业技术人员数量的要求属于（　　）。

     A. 基本条件要求   B. 技术力量要求   C. 业绩支持要求   D. 管理水平要求

43. 项目后评价报告的一般格式中，报告正文提纲含有专门一章是（　　）。

A. 项目社会评价　　　　　　　　　　B. 项目环境影响评价

C. 项目建议书评价　　　　　　　　　　D. 目标和可持续评价

44. 目前世界银行等国际金融组织的贷款项目，大都要求在国际范围内（　　），并为此专门制定了选择咨询单位的规章、办法和程序。

A. 邀请招标　　　　B. 公开招标　　　　C. 框架合同　　　　D. 竞争性谈判

45. 我国工程咨询协会的常务理事会由理事会选举产生，常务理事会人数一般不超过理事人数的（　　）。

A. 1/2　　　　B. 2/3　　　　C. 1/3　　　　D. 3/5

46. 下列选项中，预备资格的中央投资项目招标代理机构肯定可以承接其招标代理业务的是（　　）。

A. 某总投资为 8000 万元的使用财政直接拨款的基础设施建设项目

B. 某总投资为 1.2 亿元的大型工业厂区建设项目

C. 某总投资为 2.7 亿元的体育场馆建设项目

D. 某总投资为 1.95 亿元的商务开发区建设项目

47. （　　）年，中国工程咨询协会代表我国正式加入 FIDIC。

A. 1958　　　　B. 1959　　　　C. 1983　　　　D. 1996

48. 业主进行工程咨询邀请招标的程序中不包括（　　）。

A. 制定评选方法和标准　　　　　　　　B. 确定短名单

C. 在媒体上刊登招标广告　　　　　　　D. 邀请咨询公司合同谈判

49. （　　）是中国工程咨询协会的最高权力机构。

A. 董事会　　　　B. 会员代表大会　　　　C. 理事会　　　　D. 常务理事会

50. 工程咨询招标中，技术建议书的概述部分主要介绍投标单位（包括合作者）的名称，说明建议书的结构与主要内容，简述投标单位的优势以及（　　）。

A. 对本项目的合理化建议

B. 投标单位的信誉

C. 建议方案的先进性

D. 对工作大纲中的每项任务的工作范围与深度的理解

51. 对于世界银行的贷款项目，工程咨询招标的短名单由（　　）批准。

A. 评标委员会　　　　　　　　　　　　B. 世界银行

C. 贷款国主管部门　　　　　　　　　　D. 世界银行和借款国主管部门

52. FIDIC 的执行委员会成员由当年的成员协会代表投票选举确定，执行委员会最多由（　　）名成员组成，包括主席 1 名、副主席 1 名、司库 1 名和执委若干名。

A. 9　　　　B. 5　　　　C. 7　　　　D. 3

53. 风险转移是工程项目风险管理中非常重要而且广泛应用的一项对策，主要分为两种形式：（　　）与财务型风险转移。

A. 非保险型风险转移　　　　　　　　　B. 保险型风险转移

C. 随机型风险转移　　　　　　　　　　D. 控制型风险转移

54. 风险事故发生的不确定性，是由内外部环境的复杂性和（　　）而导致的。

A. 多种风险因素共同起作用　　　　　　B. 风险管理措施不力

C. 风险事故的多样性　　　　　　　　D. 人们对未来事物变化的预测能力有限

55. （　　）的实质就是法院通过使用法律赋予的审判权，解决当事人的权利义务争议，保障民事、经济实体所确定的权利义务在社会生活中得以实现。
    A. 和解　　　　　　B. 诉讼　　　　　　C. 仲裁　　　　　　D. 调解

56. 工程咨询单位承担违约责任的原则中，不包括（　　）。
    A. 必须在交纳赔偿金或违约金后才能免除当事人履约责任的原则
    B. 赔偿金额确定应遵循"公平、合理、可行"的原则
    C. 以严格责任作为承担违约责任的归责原则
    D. 违约金与定金择一适用原则

57. 在工程咨询合同的违约责任方式中，违约金与定金原则应（　　）。
    A. 择一适用　　　　B. 同时适用　　　　C. 附加适用　　　　D. 混合适用

58. 《工程咨询业 ISO 9001：2000 标准解释与应用指南》与（　　）配套使用，共同构成工程咨询加强质量管理的重要文件。
    A. 《代表性协议范本》
    B. 《客户/咨询工程师（单位）服务协议书范本》
    C. 《工程咨询业质量管理指南》
    D. 《咨询分包协议书》

59. 我国发明专利的保护期为（　　）。
    A. 10 年　　　　　　B. 15 年　　　　　　C. 20 年　　　　　　D. 25 年

60. 注册咨询工程师超越规定专业职业，由国家发展改革委给予（　　）的处分。
    A. 警告 1 年　　　　B. 暂停执业 1 年　　C. 降低职业资格　　D. 吊销执业资格证书

二、多项选择题（共 35 题，每题 2 分。每题的备选项中，有 2 个或 2 个以上符合题意，至少有 1 个错项。错选，本题不得分；少选，所选的每个选项得 0.5 分）

61. 工程咨询常用的方法有（　　）。
    A. 战略分析法　　　　　　　　　　　B. 市场预测法
    C. 演义推论法　　　　　　　　　　　D. 社会评价法
    E. 方案必选法

62. 企业投资项目可行性研究的具体要求有（　　）。
    A. 预见性　　　　　　　　　　　　　B. 精确性
    C. 公正性　　　　　　　　　　　　　D. 可靠性
    E. 科学性

63. 工程项目管理的职能，包括对项目资源和对项目实施过程所进行的（　　）等内容。
    A. 计划　　　　　　　　　　　　　　B. 组织
    C. 协调　　　　　　　　　　　　　　D. 监控
    E. 评价

64. 我国工程咨询的业务范围包括（　　）。
    A. 为经济和社会发展提供规划和政策咨询或专题咨询
    B. 为各类工程项目提供全过程或分阶段的咨询
    C. 为现有企业的技术改造或管理提供咨询

D. 为客户提供投资选择、市场调查、资产评估服务

E. 为客户提供融资风险担保

65. 项目逻辑框架的水平组列项目包括（　　）。

A. 项目产出
B. 项目投入
C. 纲要逻辑
D. 客观验证指标
E. 验证依据

66. 根据我国投资管理体制和项目建设程序，对投资项目周期划分和界定是在（　　）。

A. 前期阶段
B. 准备阶段
C. 运营阶段
D. 实施阶段
E. 竣工阶段

67. 国际金融组织贷款项目的周期包括（　　）。

A. 项目立项
B. 项目可行性研究
C. 项目评估
D. 项目后评价
E. 项目监理

68. 项目决策管理层在项目策划阶段委托的咨询业务可包括（　　）。

A. 规划论证与评估
B. 编制可行性研究报告
C. 评估项目建议书
D. 评估可行性研究报告
E. 工程勘察设计

69. 下列关于中国工程咨询协会的叙述，正确的是（　　）。

A. 由相关专家学者资源组成
B. 属于社会组织
C. 属于非营利性组织
D. 不具备法人资格
E. 代表中国工程咨询业

70. FIDIC执行委员代表FIDIC在全球范围内保持并提升形象的工作内容包括（　　）。

A. 支持各成员协会提高形象的计划

B. 与行业利益有关的国际组织和官员保持联系

C. 执委、秘书处秘书长和总经理定期访问各国成员协会

D. 就有关问题向有关各方和媒体提出本组织观点

E. 进行FIDIC战略规划

71. 欧盟从投资决策机制的角度，把项目周期分为（　　）等阶段。

A. 融资
B. 评估
C. 运营
D. 后评价
E. 规划

72. 当前注册咨询工程师（投资）执业的侧重点有（　　）。

A. 规划、政策咨询
B. 循环经济咨询
C. 环境保护咨询
D. 节约能源资源咨询
E. 管理建设咨询

73. 注册咨询工程师（投资）执业资格考试是面向社会开放的，没有（　　）等方面的限制。

A. 年龄
B. 职业
C. 学历
D. 职称

E. 离退休

74. 下列选项中，可以作为商标构成要素的有(   )。
    A. 文字
    B. 图形
    C. 字母
    D. 数字
    E. 颜色

75. 项目执行管理层在项目实施阶段的管理内容有(   )。
    A. 合同管理
    B. 组织正常运营
    C. 施工管理
    D. 工程控制与检测
    E. 工程竣工

76. 登记设立工程咨询有限责任公司，必须提交的申请文件包含(   )。
    A. 公司的组织机构设置文件
    B. 公司法定代表人的身份证明
    C. 公司的主要人员名单
    D. 公司住所证明
    E. 公司章程

77. 在国内外工程咨询市场上，工程咨询单位面临的风险因素主要有(   )。
    A. 业务风险
    B. 政策风险
    C. 市场风险
    D. 法律风险
    E. 管理风险

78. 项目持续性分析的要素有(   )。
    A. 财务
    B. 技术
    C. 经济
    D. 管理
    E. 环保

79. 质量管理体系组织实施过程中，应当做到(   )。
    A. 领导重视
    B. 全员参加
    C. 聘请专业咨询单位
    D. 周密计划，精心组织
    E. 资源保障

80. 招标代理机构从事招标代理业务所必须遵循的原则是(   )。
    A. 公平
    B. 公开
    C. 公正
    D. 诚信
    E. 守法

81. 项目评估应该回答的关键问题有(   )。
    A. 就业效果
    B. 项目目标
    C. 地质条件
    D. 项目效益
    E. 项目风险

82. 项目后评价中，对项目全过程回顾和总结划分的阶段包含(   )。
    A. 项目前期决策
    B. 项目招标投标
    C. 项目建设实施
    D. 项目投产运营
    E. 项目资金支付

83. 系统分析的内容包括(   )。
    A. 系统研究
    B. 系统计划

C. 系统量化   D. 系统评价

E. 系统控制

84. 采用逻辑框架法进行项目分析，在"影响/宏观目标"这一目标层次上的信息来源有（   ）。

A. 报告   B. 文件

C. 官方统计   D. 抽样调查

E. 项目受益者

85. 工程咨询服务招标公告应当载明的事项包括（   ）。

A. 招标项目的资金来源

B. 招标项目咨询服务期限

C. 对照表人资格和能力的要求

D. 获取资格预审文件、招标文件的办法和收费标准

E. 开标时间和地点

86. 项目监督是出资者或投资决策者对项目管理的手段，主要监督形式有（   ）。

A. 现场监督检查   B. 绩效评价

C. 项目稽查   D. 项目资产评估

E. 项目监理

87. 项目监督检查通常按项目进展阶段进行，其重要的阶段包括（   ）。

A. 起始准备   B. 项目评估决策

C. 项目建成   D. 投资实施

E. 投产运营

88. 应用人月费单价法计算工程咨询服务费，由（   ）等部分组成。

A. 酬金   B. 可报销费用

C. 不可预见费   D. 预见费

E. 管理费

89. 工程咨询公司的投标班子在参加工程咨询项目投标初期，其准备工作应包含（   ）。

A. 通过调研获得更多信息   B. 确定咨询项目组组成人员

C. 进行咨询项目风险分析   D. 提交公司实力介绍文件

E. 研究是否与其他公司联合投标

90. 工程咨询投标编制的财务建议书中应包括（   ）等。

A. 不可预见费估算   B. 咨询任务进度计划

C. 可报销费用估算明细   D. 咨询人员酬金的估算明细

E. 雇主提供服务费用明细

91. 下列中国工程咨询业的职业道德准则条款与FIDIC职业道德准则条款中含义相同或相似的是（   ）。

A. 维护职业尊严和声誉   B. 竭诚为客户服务

C. 客观公正地提供咨询建议   D. 遵守国家有关法律

E. 按规定地范围执业

92. 知识产权的特征有（   ）。

A. 知识产权客体的无形性   B. 依法审查确认性

C. 公共性   D. 地域性

E. 独占性或排他性

93. 必须同时满足业绩数量条件要求规定条件的两个以上，方可申请注册咨询工程师（投资）初始注册。这些条件包括（   ）。

A. 发展规划不少于 2 项

B. 项目建议书不少于 2 项

C. 可行性研究报告、项目申请报告或资金申请报告不少于 3 项

D. 项目评估报告不少于 5 项

E. 项目后评价报告不少于 5 项

94. 根据 TRIPS 的要求与我国所作承诺，我国对有关知识产权保护的法律法规进行了全面修改。修改的主要内容是（   ）。

A.《中华人民共和国商标法》   B.《中华人民共和国专利法》

C.《中华人民共和国著作权法》   D.《中华人民共和国计算机软件保护条例》

E.《中华人民共和国版权法》

95. 常见的咨询单位违约行为包括（   ）。

A. 可归咎于咨询单位事由的履行不能   B. 履行延迟

C. 拒绝履行   D. 履行不当

E. 结论不可接受

参考答案

一、单项选择题

1	B	2	C	3	A	4	C	5	A
6	C	7	A	8	C	9	B	10	A
11	A	12	A	13	D	14	C	15	D
16	B	17	C	18	D	19	D	20	A
21	C	22	C	23	D	24	D	25	C
26	B	27	A	28	D	29	C	30	C
31	C	32	B	33	B	34	D	35	B
36	A	37	C	38	B	39	B	40	D
41	A	42	B	43	D	44	B	45	C
46	A	47	D	48	C	49	B	50	C
51	D	52	A	53	D	54	D	55	B
56	A	57	A	58	C	59	C	60	A

二、多项选择题

61	ABDE	62	ACDE	63	ABCE	64	ABCD	65	CDE
66	ABCD	67	ACD	68	ACD	69	ABCE	70	ABCD
71	ABDE	72	ABCD	73	ABDE	74	ABCD	75	ACDE
76	BDE	77	BCDE	78	ABDE	79	ABCD	80	ABCD
81	BDE	82	ACD	83	ACD	84	BCE	85	ABCD
86	AC	87	ADE	88	ABC	89	ADE	90	ACD
91	ABC	92	ABDE	93	ADE	94	ABCD	95	ABCD

工程咨询概论（四）

一、单项选择题（共 60 题，每题 1 分。每题的备选项中，只有 1 个最符合题意）

1. 工程咨询业属于（　　）。
   A. 第一产业　　　　　B. 第二产业　　　　　C. 第三产业　　　　　D. 项目法人产业

2. 世界上最早的咨询工程师协会出现在（　　）。
   A. 美国　　　　　　　B. 丹麦　　　　　　　C. 法国　　　　　　　D. 比利时

3. 下列选项中，不属于国际上咨询工程师概念范畴的是（　　）。
   A. 工程监理工程师　　B. 项目总工　　　　　C. 工程设计建筑师　　D. 招标咨询工程师

4. 下列不属于后评价的基本内容的是（　　）。
   A. 管理评价　　　　　B. 过程评价　　　　　C. 综合评价　　　　　D. 效益评价

5. 一般而言，固定资产投资和流动资产投资之间存在一定的比例关系，经济发展水平越高，管理水平越高，流动资产投资占总投资的比例（　　）。
   A. 越低　　　　　　　B. 越高　　　　　　　C. 越大　　　　　　　D. 越接近于 1

6. 在我国项目建设程序中，初步设计应以（　　）为依据。
   A. 经批准的产品方案　　　　　　　　　B. 经批准的工艺方案
   C. 经批复的项目可行性研究报告　　　　D. 经评估的项目可行性研究报告

7. 下列选项中，不属于工程咨询单位人力资源规划研究问题的是（　　）。
   A. 资源现有状况　　　　　　　　　　　B. 潜在的咨询项目所需人力资源清单
   C. 人力资源获取、利用、开发和调整规划　D. 高端人力资源分流状况

8. 汇率的浮动属于工程咨询单位面临的（　　）风险。
   A. 政策　　　　　　　B. 市场　　　　　　　C. 管理　　　　　　　D. 法律

9. 明确项目的（　　），有利于确定项目实施和管理工作的方向。
   A. 目标性　　　　　　B. 确定性　　　　　　C. 绝对性　　　　　　D. 排他性

10. 在项目准备阶段，为项目执行管理层提供的工程咨询服务，一般不包括（　　）。
    A. 工程设计　　　　　B. 融资咨询　　　　　C. 合同签订　　　　　D. 编制标书

11. 在规划研究的发展目标研究中，人力资源开发属于（　　）的内容。
    A. 经济目标　　　　　B. 技术目标　　　　　C. 社会目标　　　　　D. 管理目标

12. 财政贴息项目资金申请报告的内容不包括（　　）。
    A. 项目单位的财务状况　　　　　　　　B. 项目招标内容
    C. 申请财政贴息的主要原因和政策依据　D. 项目组织结构表

13. 对于公益性建设项目，工程咨询应重点关注项目的（　　）。
    A. 财务效益　　　　　B. 社会效益　　　　　C. 国民经济效益　　　D. 环境效益

14. 参加注册咨询工程师（投资）执业资格考试的人员在报名后，经（　　）按规定程序和报考条件审查合格，发给准考证。
    A. 当地考试管理机构

B. 地方工程咨询管理机构

C. 当地考试管理机构会同地方工程咨询管理机构

D. 各省、市、自治区人事部门

15. 注册咨询工程师（投资）申请继续注册，应在注册期满前提前（　　），申请办理继续注册手续。

A. 2 个月　　　　　B. 3 个月　　　　　C. 1 个月　　　　　D. 6 个月

16. 下列各工程招投标程序环节，时间顺序上排在最前面的是（　　）。

A. 组织现场踏勘　　　　　　　　　B. 发售招标文件

C. 发布资格预审通告　　　　　　　D. 接受投标文件

17. 与项目前评估相比，项目后评价最大的特点是（　　）。

A. 全程回顾　　　　　　　　　　　B. 效果效益分析评价

C. 评价具有客观性　　　　　　　　D. 信息的反馈

18. 在规划咨询中，专项规划一般不包括（　　）。

A. 国民经济和社会发展规划　　　　B. 产业结构调整规划

C. 生态建设规划　　　　　　　　　D. 城镇化规划

19. 研究规划中的发展条件，需在全面反映现状和各种条件的基础上，特别关注影响规划实现的（　　）。

A. 不利因素和风险　　　　　　　　B. 区位和资源优势

C. 资金来源和技术方案　　　　　　D. 规划管理和制度

20. 可行性研究报告中投资估算的精确度一般应达到（　　）。

A. $\pm 10\%$　　　　B. $\pm 5\%$　　　　C. $\pm 20\%$　　　　D. $\pm 15\%$

21. 下列选项中，不属于现代项目管理方法的是（　　）。

A. 哲学方法　　　B. 逻辑方法　　　C. 学科方法　　　D. 数理统计方法

22. 现代工程咨询的专业方法的特点不包括（　　）。

A. 综合性　　　B. 专业性　　　C. 创新性　　　D. 协调性

23. 咨询工程师在进行项目投资机会咨询论证中，首先应分析（　　）。

A. 规划目标和规划方案　　　　　　B. 业主的投资动机

C. 资源条件和区位优势　　　　　　D. 建设单位的优势

24. 进行项目可行性研究，首先必须站在客观公正的立场进行调查研究，做好（　　）。

A. 基础资料收集工作　　　　　　　B. 报告提纲编写工作

C. 技术方案论证工作　　　　　　　D. 资源配置研究工作

25. 在项目可行性研究中，评价工艺技术水平的先进性原则主要是（　　）。

A. 采用技术适应实际发展水平　　　B. 采用技术安全可靠

C. 产品、工艺、装备都具有先进性　　D. 采用技术符合法规要求

26. 需要进行协调的系统一般是各个子系统之间（　　）的系统。

A. 存在合作　　　B. 存在对立　　　C. 存在合作和竞争　　　D. 存在对立和矛盾

27. 编制项目逻辑框架，对于外部因素是否重要不能确定时，若不可以重新策划项目以确定外部因素，则应判定为（　　）。

A. 该外部因素不列入逻辑框架　　　B. 该外部因素作为假定条件

    C. 项目不可行　　　　　　　　　　　　　D. 增加行动或措施，必要时调整项目目的

28. 项目可行性研究的厂址选择是项目的（　　　）。

    A. 布局　　　　　　B. 选位　　　　　　C. 选点　　　　　　D. 定址

29. 工程勘察的准确范围和深度要求一般由（　　　）提出。

    A. 工程勘察单位　　　B. 项目法人　　　C. 工程设计单位　　　D. 企业法人

30. 项目施工图设计主要应根据（　　　）进行设计。

    A. 批准的初步设计　　　　　　　　　　　B. 经评审的初步设计

    C. 批准的可行性研究报告　　　　　　　　D. 批准的方案设计

31. 对于缺乏共度性的多目标决策问题，采用综合分析层次分析法进行分析，应当进行（　　　）。

    A. 两两比较　　　　B. 高低比较　　　　C. 线性比较　　　　D. 层次比较

32. 招标人对于已经发出的招标文件进行必要的修改，应当在招标文件要求提交投标文件截止日期至少（　　　）前，以书面形式通知所有购买招标文件的投标人。

    A. 7 日　　　　　　B. 10 日　　　　　　C. 15 日　　　　　　D. 21 日

33. 项目的监测评价是对项目目标、执行效率及效果的（　　　）。

    A. 日常性评价　　　B. 竣工验收评价　　C. 阶段性评价　　　D. 中期评价

34. 项目的竣工验收分为两个阶段进行，即编制项目竣工报告和完成（　　　）。

    A. 验收报告　　　　B. 竣工审计报告　　C. 质量评价报告　　D. 财务审核报告

35. 世界银行要求编制的项目完工报告的主要内容不包括（　　　）。

    A. 项目目标的实现程度　　　　　　　　　B. 项目的其他重要产出和影响

    C. 项目的可持续性前景　　　　　　　　　D. 投资决策程序的回顾

36. 工程咨询服务采用人月费单价法计费的项目，咨询费用的组成不包括（　　　）。

    A. 酬金　　　　　　B. 可报销费用　　　C. 保险费　　　　　D. 不可预见费

37. 假设中国咨询协会共有 25 名理事，那么其常务理事人数一般不得超过（　　　）。

    A. 5 名　　　　　　B. 6 名　　　　　　C. 8 名　　　　　　D. 10 名

38. 项目后评价对项目的回顾和总结一般不包括项目（　　　）阶段。

    A. 技术引进　　　　B. 前期决策　　　　C. 建设实施　　　　D. 投产运营

39. 项目后评价的项目目标适应性分析主要是评价项目（　　　）。

    A. 原定目标是否正确　　　　　　　　　　B. 原定目标的实现程度

    C. 目标设定的依据　　　　　　　　　　　D. 成功度

40. 根据有关规定，政府公益性投资项目（　　　）资本金制度。

    A. 执行　　　　　　B. 参照执行　　　　C. 严格执行　　　　D. 不执行

41. 某客户与某工程咨询单位签订工程咨询服务协议书，在工作过程中认为工程咨询单位无正当理由而不履行其义务，于 2007 年 10 月 1 日向咨询单位发出书面通知，要求咨询单位按期履行服务。至 2007 年 10 月 30 日，咨询单位书面回复，承诺按照客户的要求完成工作。在这种情况下，客户可以（　　　）。

    A. 要求咨询单位于 2007 年 11 月 13 日前赔偿经济损失

    B. 要求咨询单位于 2007 年 11 月 4 日前赔偿经济损失

    C. 于 2007 年 11 月 13 日之前书面通知咨询单位终止协议

D. 于 2007 年 11 月 4 日之前书面通知咨询单位终止协议

42. 工程咨询单位资格由（　　）认定。

A. 国家发展和改革委员会　　　　　　B. 国务院有关部门

C. 国务院　　　　　　　　　　　　　D. 住房和城乡建设部

43. 在工程咨询服务招标中，征求建议书"邀请函"内容不包括（　　）。

A. 建议书编制使用的语言　　　　　　B. 评标委员会的组成

C. 合同谈判与工作开始的时间　　　　D. 当地的相关法律资料

44. 在工程咨询服务招标中，评价咨询公司的建议书时，通常按（　　）对投标的咨询公司进行排序。

A. 咨询公司以往的业绩　　　　　　　B. 咨询服务费的高低

C. 雇主对咨询公司的信任程度　　　　D. 技术建议书的水平和质量

45. 在工程咨询服务招标中，评价技术建议书时，咨询公司的资历和经验部分通常所占权重为（　　）。

A. 20%～30%　　　　B. 10%～20%　　　　C. 30%～40%　　　　D. 10%～30%

46. 下列对中央投资项目招标代理机构年度资格检查不合格情况的叙述，不正确的是（　　）。

A. 年度中有严重违规行为

B. 甲级招标代理机构年度招标业绩达不到 10 亿元人民币

C. 乙级招标代理机构年度招标业绩达不到 5 亿元人民币

D. 预备资格招标代理机构年度招标业绩达不到 2 亿元人民币

47. 被誉为现代 FIDIC 之父的是（　　）。

A. 布朗埃　　　　　　B. 莫尔　　　　　　C. 萨缪尔森　　　　　　D. 马歇尔

48. 工程咨询公司实现发展战略的首要环节是（　　）。

A. 组织投标班子　　　B. 市场业务开发　　　C. 扩大公司规模　　　D. 咨询人员培训

49. 在工程咨询服务投标文件"技术建议书"的"完成任务的方法与途径"部分，阐述内容应包括完成咨询任务的总体方案与计划、各子项任务的划分、工作标准、技术措施、质量保证体系，以及（　　）。

A. 对每项任务的工作范围与深度的理解　　B. 切实可行的工作进度计划

C. 对项目技术指标与环境条件的分析　　　D. 提交成果的方式、内容和时间

50. 在工程咨询服务投标文件技术建议书和对本项目的理解部分，应阐述项目的背景及其对所在地区和行业发展的影响、项目的特征、技术指标、影响本项目的关键因素和敏感因素，以及（　　）等。

A. 项目的质量保证体系　　　　　　　B. 项目的环境条件

C. 项目对咨询人员的要求　　　　　　D. 完成项目的总体方案

51. 中国工程咨询协会制定的《工程咨询服务协议书试行本》包括 3 个附录，其中附录 A 是（　　）。

A. 咨询服务质量目标要求　　　　　　B. 委托服务范围

C. 咨询服务的报酬和支付　　　　　　D. 雇主提供的支持

52. 下列事件中，不属于工程咨询经济风险的是（　　）。

A. 工程变更　　　B. 分包单位违约　　　C. 雇主拖欠支付　　　D. 当地货币贬值

53. 在保险合同签订和执行必须遵守的原则中，不包括（　　）。

    A. 最高限额原则　　　B. 代位求偿原则　　　C. 近因原则　　　D. 可保利益原则

54. 某公司以低价中标，工程开始不久发现自然条件比预想要复杂得多，如按合同完成项目将亏损 300 万元，于是决定以损失 100 万元履约担保的代价，终止合同，撤出人员和设备。该公司的做法属于（　　）。

    A. 风险转移　　　　B. 损失控制　　　　C. 风险回避　　　　D. 风险自留

55. 与保险人订立保险合同，并按照保险合同负有支付保险费义务的人，称为（　　）。

    A. 投保人　　　　　B. 承保人　　　　　C. 被保险人　　　　D. 受益人

56. 下列与工程咨询行业相关的行政法规是（　　）。

    A. 《中华人民共和国行政许可法》　　　B. 《工程勘察设计收费管理规定》
    C. 《建设工程质量管理条例》　　　　　D. 《工程咨询业管理暂行办法》

57. 根据我国合同法规定的定金罚款，下列说法错误的是（　　）。

    A. 给付定金的一方不履行约定债务的，无权要求返还定金
    B. 定金罚则是一种违约责任承担方式
    C. 收受定金的一方不履行约定债务的，应当双倍返还定金
    D. 收受定金的一方不履行约定债务的，应当返还定金

58. 下列选项中，不属于 FIDIC 编制出版的指导咨询工作的工作程序和准则的是（　　）。

    A. FIDIC 招标程序　　　　　　　　　B. FIDIC 咨询质量管理体系范本
    C. 保险与法律　　　　　　　　　　　D. 承包商资格预审标准格式

59. 如果工程咨询机构提供的咨询报告基本符合约定的条件，但也存在造成一定损失的缺陷，则（　　）。

    A. 雇主应向咨询机构支付约定的全部报酬
    B. 咨询机构应减收报酬，已收到全部报酬的应返还一部分给雇主
    C. 雇主应扣发和索赔原定支付给咨询机构的全部报酬
    D. 咨询机构应赔偿雇主的相应损失

60. 下列选项中，属于监理人允许行为的是（　　）。

    A. 转让工程监理业务　　　　　　　　B. 与承包单位串通谋取利益
    C. 要求承包单位呈报施工组织设计　　D. 与材料供应单位存在隶属关系

二、多项选择题（共 35 题，每题 2 分。每题的备选项中，有 2 个或 2 个以上符合题意，至少有 1 个错项。错选，本题不得分；少选，所选的每个选项得 0.5 分）

61. 工程咨询单位资格申请，必须符合（　　）的要求。

    A. 专业技术人员分布　　　　　　　　B. 专业技术力量
    C. 技术水平　　　　　　　　　　　　D. 工程咨询业绩
    E. 注册资金

62. 政府直接投资项目可行性研究报告的内容包括（　　）。

    A. 项目概况　　　　　　　　　　　　B. 研究的主要依据
    C. 项目需求及目标分析　　　　　　　D. 项目实施方案
    E. 初步可研报告的相关结论

63. 建立并持续改进职业健康安全管理体系的方针是（　　）。

A. 安全第一   B. 预防为主

C. 责任到人   D. 全员治理

E. 防治结合

64. 在我国实际工作中，为了管理和研究方面的需要，按资金来源，可以把投资分为（   ）。

A. 国际预算内投资   B. 建筑安装工程费

C. 国内贷款   D. 利用外资

E. 自筹投资

65. 采用综合评价法进行项目分析，其评价指标的设立原则有（   ）。

A. 系统性原则   B. 指标的可测性原则

C. 定量与定性指标结合使用的原则   D. 绝对与相对指标结合使用的原则

E. 静止与动态指标结合使用的原则

66. 工程咨询的特点包括（   ）。

A. 提供智力服务   B. 咨询程序固定不变

C. 成果具有预测性、前瞻性   D. 工程咨询牵涉面广

E. 业务范围弹性大

67. 世界银行贷款项目由借款国负责的主要工作任务有（   ）。

A. 项目后评价   B. 项目执行

C. 项目评估   D. 项目准备

E. 项目监督

68. 我国的注册咨询工程师加注"投资"两个字，其职业定位是（   ）。

A. 从事工程项目投资建设全过程咨询服务   B. 以投资决策咨询为主的咨询业务

C. 与投资相关的其他咨询业务   D. 客观经济建设决策咨询业务

E. 项目投资建设工程监理咨询业务

69. 中国工程咨询协会和各地区工程咨询协会，主要在（   ）等方面进行行业自律。

A. 进度管理   B. 质量管理

C. 合同管理   D. 会员管理

E. 职业道德

70. 下列选项属于 FIDIC 职业道德准则中"对他人公正"项目的内容的是（   ）。

A. 推动"基于质量选择咨询服务"的理念

B. 不得故意损害他人的名誉

C. 不得无意损害他人的名誉

D. 不得直接、间接争抢已经委托他人的业务

E. 被邀请评审其他咨询工程师的工作，应以专业和明确的态度进行评价

71. 工程咨询在我国经济建设中的重要作用，主要表现在（   ）。

A. 为项目投资决策当咨询把关人，减少和避免决策失误，提高投资效益

B. 为各类工程进行勘察、设计，满足各方面投资建设的需要

C. 为科学管理工程项目当助手，保证工程进度、效益和质量

D. 增加群众收入，提高技术水平，保证物价稳定

E. 调整规划计划，完善规章制度，提高管理水平

72. 注册咨询工程师（投资）的执业范围包含（   ）。
    A. 经济社会发展规划、计划咨询　　　　B. 经济建设专题咨询
    C. 与同行竭诚合作，反对相互竞争　　　D. 工程项目评估
    E. 投资机会研究

73. 注册咨询工程师（投资）执业资格考试没有（   ）等方面的限制。
    A. 年龄　　　　　　　　　　　　　　　B. 职业
    C. 职称　　　　　　　　　　　　　　　D. 经历
    E. 学历

74. 下列选项中，属于工程咨询类业务单位的有（   ）。
    A. 勘察设计单位　　　　　　　　　　　B. 工程监理单位
    C. 招标代理单位　　　　　　　　　　　D. 工程施工单位
    E. 建设单位

75. 环境管理体系和职业健康安全管理体系运行采用戴明模型的管理模式，包括（   ）等环节。
    A. 策划　　　　　　　　　　　　　　　B. 实施
    C. 检查评审　　　　　　　　　　　　　D. 分析
    E. 改进

76. 注册咨询工程师（投资）的基本义务有（   ）等。
    A. 遵守国家法律、法规　　　　　　　　B. 服从行业自律管理
    C. 接受继续教育　　　　　　　　　　　D. 维护国家、社会和业主利益
    E. 保证工程咨询成果质量

77. 规划研究要在国家宏观经济发展战略方针指导下，充分考虑（   ），提出地区或行业的发展目标和政策。
    A. 改善品种结构　　　　　　　　　　　B. 发展速度
    C. 资源条件　　　　　　　　　　　　　D. 生产力布局
    E. 优势和制约条件

78. 规划咨询中产业政策研究最终应提出的区域或行业的产业政策内容应包括（   ）。
    A. 产业结构　　　　　　　　　　　　　B. 产业发展措施
    C. 产业组织　　　　　　　　　　　　　D. 技术进步
    E. 保障条件

79. 项目后评价中，对项目效果和效益进行分析评价的内容有（   ）。
    A. 对工程技术成果的分析评价　　　　　B. 对财务效益的评价
    C. 对社会影响的评价　　　　　　　　　D. 对环境影响的评价
    E. 对运营状况的评价

80. 项目逻辑框架需要重点汇总的内容有（   ）。
    A. 目标范围　　　　　　　　　　　　　B. 活动、措施
    C. 主导因素　　　　　　　　　　　　　D. 纲要目标逻辑
    E. 成本

81. 在项目建议书阶段，建设方案初步论证研究的重点包含（   ）。

A. 厂址环境 　　　　　　　　　　B. 工艺方案

C. 产品市场预测 　　　　　　　　D. 项目是否符合产业政策

E. 区位优势

82. 根据 TRIPS 的要求与我国所作承诺，我国对有关知识产权保护的法律法规进行了全面修改。修改的主要内容是（　　）。

A. 《中华人民共和国商标法》 　　B. 《中华人民共和国专利法》

C. 《中华人民共和国著作权法》 　D. 《计算机软件保护条例》

E. 《中华人民共和国版权法》

83. 一个项目建成的标志是多方面的，主要包括（　　）几方面。

A. 装置 　　　　　　　　　　　　B. 工程

C. 技术 　　　　　　　　　　　　D. 效益

E. 经济

84. 工程咨询服务合同的通用条件包括（　　）。

A. 合同中有关名词的定义和解释 　B. 支付条款

C. 客户的义务 　　　　　　　　　D. 组织结构安排

E. 保险

85. 《工程咨询服务协议书试行本》的格式分为（　　）。

A. 协议书正文 　　　　　　　　　B. 协议书通用条件

C. 附录 　　　　　　　　　　　　D. 协议书资料表

E. 协议书专用条件

86. 我国建设项目管理制度有（　　）。

A. 项目法人责任制 　　　　　　　B. 投资项目资本金制度

C. 贷款资金抵押制度 　　　　　　D. 工程建设监理制度

E. 建设工程合同制度

87. 评标标准与方法有（　　）。

A. 质量成本评估法 　　　　　　　B. 固定预算评估法

C. 质量安全评估法 　　　　　　　D. 经评审的最低投标价法

E. 法律、法规和规章允许的其他方法

88. 工程咨询公司组织咨询项目的投标班子成员通常应由有经验的（　　）参加。

A. 工程管理人员 　　　　　　　　B. 专业技术人员

C. 商务人员 　　　　　　　　　　D. 财务人员

E. 公司总工

89. 咨询招标编制的典型工作大纲中必须包括（　　）。

A. 工作人员的资历 　　　　　　　B. 培训要求

C. 雇主的义务 　　　　　　　　　D. 工作目标

E. 工作进度与报告

90. 中国工程咨询协会组织机构由（　　）组成。

A. 全员代表大会 　　　　　　　　B. 董事会

C. 会员代表大会 　　　　　　　　D. 理事会

E. 常务理事会

91. 工程咨询服务费用的计算采用人月费单价法时，其中酬金部分包括(　　)。

A. 可报销费用

B. 基本工资

C. 社会福利费

D. 差旅费

E. 公司管理费和利润

92. 损失发生前风险管理的目标是避免或减少风险事故形成的机会，包括(　　)。

A. 制定企业的发展战略

B. 满足相关法规的要求

C. 节约经营成本

D. 减少风险忧虑心理

E. 获得一定数量的合同

93. 工程咨询单位承担违约责任的方式有(　　)。

A. 继续履行

B. 赔偿损失

C. 返工

D. 支付违约金

E. 执行定金罚则

94. 工程咨询机构和咨询工程师因(　　)等情节，要承担法律责任。

A. 过失、错误或疏忽给客户或第三方造成的损失

B. 不可抗力导致的后果

C. 故意欺瞒客户

D. 未努力收集基础信息

E. 泄漏、出卖国家机密

95. 项目评估逻辑框架应分析的各层次目标和条件包括(　　)。

A. 项目所需投入

B. 项目产出

C. 项目直接目的

D. 项目匡算、概算

E. 项目宏观目标

参考答案

一、单项选择题

1	C	2	B	3	B	4	A	5	A
6	C	7	D	8	B	9	A	10	C
11	B	12	D	13	B	14	C	15	B
16	C	17	D	18	A	19	A	20	A
21	D	22	D	23	B	24	A	25	C
26	C	27	C	28	D	29	C	30	A
31	A	32	C	33	C	34	A	35	D
36	C	37	C	38	A	39	A	40	D
41	D	42	A	43	B	44	D	45	D
46	D	47	C	48	B	49	D	50	B
51	B	52	A	53	A	54	C	55	A
56	C	57	D	58	B	59	B	60	C

二、多项选择题

61	BCD	62	ABCD	63	ABE	64	ACDE	65	ABCD
66	ACDE	67	BD	68	BCD	69	BCDE	70	ABCD
71	ABC	72	ABDE	73	ABC	74	ABCD	75	ABCE
76	ABDE	77	CE	78	ACDE	79	ABCD	80	BDE
81	ABCD	82	ABCD	83	BCDE	84	ABCE	85	ABCE
86	ABDE	87	ABDE	88	ABC	89	BCDE	90	CDE
91	BCE	92	BCD	93	ABDE	94	ACE	95	ABCE

工程咨询概论（五）

一、单项选择题（共60题，每题1分。每题的备选项中，只有1个最符合题意）

1. （　　）是项目前期阶段咨询工作的核心。
   A. 项目决策咨询　　　B. 可行性研究　　　C. 项目规划咨询　　　D. 项目机会研究

2. 在项目管理与工程咨询的业务中，融资咨询属于（　　）的工程咨询业务。
   A. 项目执行管理层在项目准备阶段　　　B. 项目决策管理层在项目准备阶段
   C. 项目执行管理层在项目实施阶段　　　D. 项目决策管理层在项目前期阶段

3. 下列选项中，属于注册咨询工程师（投资）在微观方面提供服务的是（　　）。
   A. 产业政策咨询　　　　　　　　　　　B. 工程项目决策咨询
   C. 行业发展规划咨询　　　　　　　　　D. 计划咨询

4. （　　）是运用知识、技能、经验、信息提供服务的脑力劳动，旨在为他人出谋划策，帮助解决疑难问题。
   A. 策划　　　　　　　B. 计划　　　　　　　C. 咨询　　　　　　　D. 顾问

5. 下列选项中，属于工程咨询单位中间管理层的是（　　）。
   A. 总工程师　　　　　B. 部门经理　　　　　C. 主任工程师　　　　D. 机构副总裁

6. （　　）咨询业务范围包括项目规划咨询、项目机会研究和项目决策咨询等内容。
   A. 项目前期阶段　　　B. 项目准备阶段　　　C. 项目实施阶段　　　D. 项目运营阶段

7. 工程咨询和决策的基础是信息的（　　）。
   A. 可靠性和活跃性　　B. 完整性和有效性　　C. 新颖性和能动性　　D. 安全性和实践性

8. 利用合同进行风险转移的能力不足属于工程咨询单位面临的（　　）风险。
   A. 政策　　　　　　　B. 市场　　　　　　　C. 管理　　　　　　　D. 法律

9. 工程咨询的特点不包括（　　）。
   A. 工程咨询业务范围弹性很大
   B. 工程咨询牵涉面广
   C. 每一项工程咨询任务都是多次性、群体的任务
   D. 工程咨询是高度智能化服务

10. 工程咨询投资按（　　）不同，可分为固定资产投资和流动资产投资。
    A. 形成资本的用途　　　　　　　　　　B. 资产形态
    C. 投资主体的经济类型　　　　　　　　D. 资金来源

11. 咨询工程师在进行项目投资机会咨询论证中，首先应（　　）。
    A. 鉴别投资机会　　　　　　　　　　　B. 分析业主投资动机
    C. 论证项目可行性　　　　　　　　　　D. 判断项目经济性

12. 下列关于咨询评估一般原则的叙述，正确的是（　　）。
    A. 动态分析和静态分析相结合，以静态分析为主
    B. 宏观投资效果分析和项目微观投资效果分析相结合，以宏观投资分析为主

    C. 定量分析和定性分析相结合，以定量分析为主

    D. 比较分析与预测分析相结合，以预测分析为主

13. 投资活动的（　　），决定了投资项目类型的多样性。

    A. 复杂性   B. 变化性   C. 约束性   D. 目标性

14. 下列不属于项目执行管理层在实施阶段的工程咨询业务工作的是（　　）。

    A. 运营中的咨询服务   B. 合同执行咨询服务

    C. 施工组织与协调咨询   D. 工程监理

15. 业主工程师所承担的业务范围不包括（　　）。

    A. 全过程咨询服务   B. 阶段性咨询服务   C. 承包工程服务   D. 竣工性咨询服务

16. 从法律角度定义，合同实质上是一种（　　）。

    A. 协议   B. 主张   C. 要约   D. 承诺

17. 确定项目后评价的时点在（　　）之后。

    A. 可行性研究   B. 项目准备   C. 开工   D. 竣工

18. 进行我国注册咨询工程师（投资）执业资格考试，考场原则上设在（　　），如确需在其他地方设置，须经人事部、国家发展和改革委员会批准。

    A. 首都   B. 省会城市   C. 地级城市   D. 县级市以上

19. （　　）主要负责市场开发，组织项目的技术服务，协调控制项目的进度以及日常的业务建设，还包括人员培训、机构财务管理等，并向最高管理层报告工作。

    A. 作业管理层   B. 基层管理层   C. 底层管理层   D. 中间管理层

20. 下列不属于工程咨询单位中项目经理责任的是（　　）。

    A. 发挥项目管理中的排头兵作用   B. 代表咨询单位为客户开展项目服务

    C. 制订项目组工作计划   D. 组织并聘用项目组成员

21. （　　）对工程项目的策划、资金筹措、建设实施、生产经营、债务偿还、资产保值增值的项目全过程负责。

    A. 项目经理   B. 项目法人   C. 项目管理者   D. 咨询单位

22. 按照（　　），咨询方法分为统计分析方法、预测分析方法、决策分析方法和其他方法。

    A. 方法应用的范围   B. 方法对数学模型的应用

    C. 方法的用途   D. 方法的分析对象

23. （　　）考虑各种能够满足需要的解决方案，建立一个合适的模型辅助理解问题、辅助求解、测试求解的可能性。

    A. 实施阶段   B. 选择阶段   C. 设计阶段   D. 信息阶段

24. （　　）是以被保险人的民事赔偿责任为保险标的的保险，由保险人承担被保险人向第三者进行赔偿的责任。

    A. 建筑工程一切险   B. 安全工程一切险

    C. 责任保险   D. 国际货物运输保险

25. 按照《国务院关于加强国民经济和社会发展规划编制工作的若干意见》，我国建立（　　）规划管理体系。

    A. 四级四类   B. 三级三类   C. 三级四类   D. 四级三类

26. 采用逻辑框架法进行项目分析，在（　　）层次上要分析项目直接的效果、效益和作用。

A. 目标   B. 目的   C. 产出   D. 投入

27. 通过向各方专家咨询，将得到的评价进行简单处理，得出综合评价结果的方法，是（   ）。

     A. 基于经验的综合评价方法   B. 基于数值和统计的评价方法

     C. 基于决策的综合评价方法   D. 基于智能的综合评价方法

28. 政府对规划编制提出了若干意见，对建立健全规划体系的要求不包括（   ）。

     A. 明确总体规划、专项规划和区域规划的定位

     B. 做好规划编制的前期工作

     C. 严格编制国家级专项规划的领域

     D. 合理确定编制国家级区域规划的范围

29. （   ）是政府政策性金融的重要工具，是弥补项目公司还贷能力弱，实现国家产业政策的重要手段。

     A. 政府投资补助   B. 政府财政贴息   C. 政府无偿救助   D. 政府财政贴现

30. （   ）由设计说明书、工程概算和必要的设计图纸组成。

     A. 工程设计文件   B. 总设计文件   C. 初步设计文件   D. 施工图设计文件

31. 在工程咨询中，信息系统区别于其他子系统的特点是（   ）。

     A. 全局协调   B. 汇总处理   C. 指示来源   D. 人机合作

32. 招标单位对于长名单上的咨询单位进行资格预审，形成数目较少的短名单。确定短名单时考虑的主要因素和条件不包括（   ）。

     A. 咨询单位完成类似项目的工作经验

     B. 咨询单位在项目所在类似地区的工作经验

     C. 咨询单位的技术水平和综合实力

     D. 咨询单位所能承受风险的能力

33. 工程监理单位是受（   ）委托进行工程监理。

     A. 业主   B. 承包商   C. 甲方   D. 乙方

34. （   ）是指依法设立的设备监理单位，接受项目法人或建设单位的委托，按照与项目法人或建设单位签订的监理合同的约定，根据国家有关法规、规章、技术标准，对设备形成的全过程和/或最终形成的结果实施监督和控制。

     A. 工程监理   B. 设备监理   C. 项目监理   D. 采购监理

35. 对于经营性项目，一般是在项目投产运营（   ）后进行后评价。

     A. 3～5 个月   B. 8～10 个月   C. 3～5 年   D. 8～10 年

36. 项目建设前期咨询服务收费标准是由（   ）规定的。

     A. 原国家计委   B. 国家发展和改革部门

     C. 物价部门   D. 住房和城乡建设部及各级建设委员会

37. 工程咨询业质量管理体系的策划内容不包括（   ）。

     A. 确定质量方针和目标   B. 不断完善改进质量管理体系

     C. 确定和提供实现质量目标必须的资源   D. 编制质量管理体系文件

38. （   ）是指项目财务和经济指标的基本实现，包括运营（销售）收入、成本、利税、财务内部收益率、借款偿还期等。

A. 工程建成　　　　　　B. 经济建成　　　　C. 效益建成　　　　D. 技术建成

39. 项目管理的标准是（　　）。

A. 项目的质量　　　　　B. 项目的造价　　　C. 业主的成本　　　D. 客户的满意度

40. （　　）是针对工程项目分析问题解决问题的过程。

A. 项目研究　　　　　　B. 项目诊断　　　　C. 项目分析　　　　D. 项目评估

41. 某甲级资质的工程咨询单位，其专职高级专业技术、经济职称人员数量不可能少于
（　　）。

A. 25 人　　　　　　　B. 18 人　　　　　　C. 15 人　　　　　D. 12 人

42. 工程咨询单位资格认定工作，在专家评审委员会提出审查意见后 20 个工作日内不能作出
决定结论的，经分管委领导批准，可以（　　）。

A. 暂停评审　　　　　　　　　　　　　　B. 终止评审

C. 延长 10 个工作日　　　　　　　　　　D. 交由专家评审委员重新审查

43. 目前世界银行等国际金融组织的贷款项目，大都要求在国际范围内（　　），并为此专门
制定了选择咨询单位的规章、办法和程序。

A. 邀请招标　　　　　　B. 框架合同　　　　C. 公开招标　　　　D. 直接委托

44. （　　）适用于技术复杂、专业性强、特别强调咨询成果质量的项目。

A. 质量成本评估法　　　　　　　　　　　B. 质量安全评估法

C. 质量技术评估法　　　　　　　　　　　D. 质量评估法

45. 工程咨询服务的投标文件通常采用（　　）的形式。

A. 合约书　　　　　　　B. 建议书　　　　　C. 合同书　　　　　D. 投标书

46. 注册咨询工程师（投资）继续注册有效期为（　　）。

A. 1 年　　　　　　　　B. 2 年　　　　　　C. 3 年　　　　　　D. 5 年

47. 下列关于 FIDIC 的叙述，不正确的是（　　）。

A. 它是国际咨询工程师联盟的简称

B. 它代表世界上为建设和自然环境提供以技术为基础的智力服务的企业

C. 它是国际工程咨询界最具权威的联合组织

D. 它吸收各个国家（地区）具有代表性的工程咨询协会为会员

48. 不可预见费费用相当于客户的备用金，通常取酬金和可报销费用之和的（　　）。

A. 3%～5%　　　　　　B. 5%～15%　　　　C. 1%～3%　　　　D. 2%～4%

49. 会员代表大会须有（　　）以上的会员代表出席方能召开，其决议须到会会员代表半数以
上表决通过方能生效。

A. 1/2　　　　　　　　B. 1/3　　　　　　　C. 2/3　　　　　　D. 全数

50. 中国工程咨询协会经国家民政部批准，于（　　）年底正式成立。

A. 1991　　　　　　　　B. 1992　　　　　　C. 1993　　　　　D. 1994

51. 注册建筑师注册有效期为（　　）年。

A. 2　　　　　　　　　B. 3　　　　　　　　C. 4　　　　　　　D. 5

52. 下列对于国际咨询工程师联合会的组织机构和作用的论述，正确的一项是（　　）。

A. FIDIC 创建于 1913 年，最初由三个欧洲国家的咨询工程师协会组成，现已成为拥有
遍布全世界 67 个成员的国际协会，是世界上最具权威的咨询工程师官方组织

B. FIDIC 总部设在瑞典

C. FIDIC 设有若干个专业委员会，有业主咨询工程师关系委员会（CCRC）、合同委员会（CC）、执行委员会（EC）等

D. FIDIC 是国际咨询工程师联合会英文名称缩写

53. FIDIC 总部下属的两个地区成员分会是（　　）和非洲成员协会。

A. 亚洲及太平洋成员协会　　　　　　　B. 泛美成员协会

C. 欧洲成员协会　　　　　　　　　　　D. 拉美成员协会

54. 2002 年，FIDIC 总部迁至（　　）。

A. 纽约　　　　B. 巴黎　　　　C. 伦敦　　　　D. 日内瓦

55. （　　）是我国改革开放后随着投资体制改革兴起的智力密集型行业。

A. 投资项目管理业　　B. 工程监理业　　C. 工程咨询业　　D. 工程造价业

56. 根据《中华人民共和国仲裁法》，一份有效的仲裁协议应满足（　　）。

A. 仲裁协议必须采取书面形式

B. 双方有请求仲裁的意思表示、事实和理由

C. 属于仲裁委员会的受理范围。当事人采用仲裁方式解决纠纷，应当由双方自愿达成

D. 以上均正确

57. 在《注册咨询工程师（投资）注册管理办法（试行）》中规定，注册咨询工程师不按规定办理变更执业单位或专业手续的，超越规定专业执业的，由国家发展和改革委员会给予（　　）的处分。

A. 警告 1 年　　　B. 暂停执业 1 年　　C. 吊销注册证书　　D. 收回执业专用章

58. 下列关于工程咨询争端调解的说法，正确的是（　　）。

A. 由第三方介入并主持协商　　　　　　B. 是裁决的一种方式

C. 具有排他的争议处理权　　　　　　　D. 当事人可以要求强制执行

59. 关于我国工程勘察设计咨询业知识产权的归属问题，下列叙述有误的一项是（　　）。

A. 执行勘察设计咨询企业的任务或主要利用企业的物质技术条件完成的，并由企业承担责任的工程勘察、设计、咨询的投标方案和各类文件等职务作品，其著作权及邻接权归企业所有。直接参加投标方案和文件编制的自然人（包括企业职工和临时聘用人员）享有署名权

B. 勘察设计咨询企业自行组织编制的计算机软件、企业标准、导则、手册、标准设计等是职务作品，其著作权及邻接权归企业所有。直接参加编制的自然人享有署名权

C. 执行勘察设计咨询企业的任务或主要利用企业的物质技术条件完成的，并由企业承担责任的科技论文、技术报告等职务作品，其著作权及邻接权归企业所有。直接参加编制的自然人享有署名权

D. 勘察设计咨询企业职工的非职务作品的著作权及邻接权归企业所有。直接参加编制的自然人享有署名权

60. 下列选项中，属于必须由总监理工程师签字的工程方案的是（　　）。

A. 脚手架方案　　　　　　　　　　　　B. 混凝土浇筑方案

C. 装饰装修方案　　　　　　　　　　　D. 临设方案

二、**多项选择题**（共 35 题，每题 2 分。每题的备选项中，有 2 个或 2 个以上符合题意，至少有 1 个错项。错选，本题不得分；少选，所选的每个选项得 0.5 分）

61. 下列关于投资分类的叙述，正确的是（   ）。

   A. 按照资本用途，分为生产性投资和非生产性投资

   B. 按照资产形态，分为固定资产投资和流动资产投资

   C. 按照投资主体的经济类型，分为国有经济投资、集体经济投资、个体经济投资等

   D. 将投资分为国家预算内投资、国内贷款、利用外资和自筹投资，项目是按照资金来源划分的

   E. 将投资分为建筑安装工程费、设备与工器具购置费、其他费用，是按照投资资金的去向划分的

62. 工程咨询单位的组织设计原则包括（   ）。

   A. 精简高效原则   B. 集权与分权原则

   C. 管理层次与管理跨度原则   D. 实事求是原则

   E. 才职相称原则

63. 高新技术产业化项目资金申请报告的附件包括（   ）。

   A. 银行承贷证明文件   B. 前期科研成果证明材料

   C. 项目组织结构文件   D. 产品生产、经营许可文件

   E. 项目法人近 3 年的经营状况文件

64. 项目准备阶段的咨询业务主要包括（   ）。

   A. 工程设计   B. 项目决策咨询

   C. 设计审查   D. 项目管理

   E. 工程和设备采购咨询服务

65. 深化投资体制改革的目的在于（   ）。

   A. 适应当前改革开放的经济形势   B. 充分发挥市场配置资源的基础性作用

   C. 提高政府决策的科学化水平   D. 提高政府决策的民主化水平

   E. 增强投资宏观调控和监管的有效性

66. 投资项目的性质有（   ）。

   A. 项目的相对性   B. 项目的临时性

   C. 项目的唯一性   D. 项目的目标性

   E. 项目的约束性

67. 工程咨询在我国经济建设中的作用主要有（   ）等。

   A. 为工程项目决策提供服务   B. 为工程项目筹集资金

   C. 承担工程设计   D. 对工程项目进行稽查

   E. 对工程项目进行科学管理

68. 工程咨询单位为银行贷款项目评估时，应重点评估项目的（   ）。

   A. 工艺方案   B. 目标

   C. 投资估算的准确性   D. 投资效益

   E. 风险

69. 采用层次分析法进行项目分析，其分析步骤包括（   ）。

    A. 建立层次结构模型   B. 构造判断矩阵

    C. 矩阵计算推导   D. 层次单排序及一致性检验

    E. 层次总排序及一致性检验

70. 全国优秀工程咨询成果奖评奖范围包括（   ）。

    A. 规划咨询报告   B. 项目建议书

    C. 可行性研究报告   D. 项目资金申请报告

    E. 项目运营状况论证报告

71. 参加注册咨询工程师（投资）考试人员，具备（   ）条件之一的，可免试《工程咨询概论》、《宏观经济政策与发展规划》、《工程项目组织与管理》科目。

    A. 获中国工程咨询协会优秀工程咨询成果奖项目的主要完成人

    B. 全国优秀工程勘察设计奖项目的主要完成人

    C. 符合考核认定范围，但在考核认定中未获通过的人员

    D. 按国家规定取得高级专业技术职务任职资格，并从事工程咨询相关业务满 8 年的人员

    E. 通过国家执业资格考试，获得工程技术类执业资格证书，并从事工程咨询相关业务满 6 年的人员

72. 工程咨询公司最高管理层的职责是（   ）。

    A. 制定公司的长远目标   B. 负责公司的财务管理

    C. 制定公司的发展战略   D. 评价公司的业绩

    E. 负责公司的人员培训

73. 建立工程咨询行业的质量管理体系，必须从实际出发，符合（   ）。

    A. 市场环境条件   B. 行业特点

    C. 国际评价标准   D. 本企业实际情况

    E. 投入产出规律

74. 运用 FIDIC 合同条件的方法有（   ）。

    A. 直接采用   B. 对比分析采用

    C. 推导演绎采用   D. 合同谈判时采用

    E. 局部选择采用

75. 建立规划评估的评价指标体系应遵循的原则有（   ）。

    A. 目标明确   B. 逻辑合理

    C. 易于分析   D. 保证收益

    E. 体系完整

76. 项目投资机会研究中，在论证投资方向时，需进行初步分析的内容包含（   ）。

    A. 资金来源   B. 自然资源条件

    C. 市场需求预测   D. 开发模式选择

    E. 项目实施的环境条件

77. 在项目可行性研究中，社会评价的主要方法包含（   ）。

    A. 利益群体分析法   B. 矩阵分析法

    C. 投入产出分析法   D. 项目与社会适应性分析法

E. 基线调查法

78. 项目可行性研究的资源配置评价重点需考虑项目对（　　）的影响等。
    A. 国民经济收入　　　　　　　　B. 国家产业结构升级
    C. 国家经济安全　　　　　　　　D. 社会发展
    E. 区域间经济平衡发展

79. 在鉴别项目投资机会时，咨询工程师应分析投资机会酝酿的依据是否合理，其中包括（　　）。
    A. 资金来源渠道　　　　　　　　B. 资源条件
    C. 市场前景　　　　　　　　　　D. 企业传统优势、业务范畴
    E. 地理位置优势

80. 设备监理的工作范围包括（　　）。
    A. 设备制造监理　　　　　　　　B. 设备调试监理
    C. 设备安装监理　　　　　　　　D. 设备设计监理
    E. 设备运行监理

81. 与项目竣工验收相比，项目自我总结评价的不同点在于更注重（　　）。
    A. 项目工程技术总结　　　　　　B. 项目影响评价
    C. 项目效益分析　　　　　　　　D. 确定项目目标实现程度
    E. 提出完善发展的对策建议

82. 对工程咨询服务投标文件技术建议书的评价因素包含（　　）等。
    A. 咨询公司的业绩　　　　　　　B. 项目目标的实现成本
    C. 咨询公司的人员构成　　　　　D. 在类似地域的经验
    E. 对咨询服务方法的表述

83. 工程咨询服务投标文件技术建议书的内容包含（　　）等。
    A. 概述建议书的结构与主要内容　B. 咨询公司的情况与经验
    C. 对职责范围的理解与建议　　　D. 咨询服务费用估算方法
    E. 工作进度计划

84. 政府投资项目的竣工验收实施分级管理，即按投资计划分为（　　）项目。
    A. 城镇级　　　　　　　　　　　B. 市县级
    C. 省市级　　　　　　　　　　　D. 国家级
    E. 涉外

85. 咨询工程师在帮助客户选择合同类型时，应根据（　　）灵活掌握。
    A. 双方当事人的意愿　　　　　　B. 相关政策
    C. 项目的规模及其复杂程度　　　D. 项目预期情况
    E. 风险程度及风险规避的手段

86. 工程咨询公司投标时编制的公司实力介绍，其内容通常包括（　　）。
    A. 公司的业务与经验　　　　　　B. 公司的荣誉和信誉
    C. 公司的人员、设备与财务状况　D. 公司的发展目标与计划
    E. 公司的背景与组织机构

87. 工程咨询服务投标文件财务建议书的附件应包括（　　）等。

A. 不可预见费估算表

B. 支付程序和支付方式

C. 注册会计师审计的公司资产负债表和损益表

D. 办公费用明细表

E. 为雇主提供的设施和服务的费用表

88. 在 FIDIC 编制的"雇主/咨询工程师标准服务协议书"文本中，"咨询工程师义务"部分包括（　　）等条款。

A. 服务的范围　　　　　　　　　B. 正常的、附加的和额外的服务

C. 责任和保险　　　　　　　　　D. 行使职权

E. 工程变更

89. 签约谈判时，工程咨询公司派遣的谈判小组成员，一般应包括（　　）。

A. 编写建议书的负责人　　　　　B. 财务人员

C. 法律人员　　　　　　　　　　D. 项目组组长

E. 公司总工程师

90. 下列关于中国工程咨询协会组织机构的说法，正确的有（　　）。

A. 会员代表大会是中国工程咨询协会的最高权力机构

B. 理事实行任期制，每届任期 5 年

C. 常务理事会由会长、副会长、常务理事和秘书长组成

D. 常务理事会每年召开一次

E. 协会根据工作需要设立若干专门委员会

91. 工程咨询公司风险管理人员的责任一般包括（　　）。

A. 识别风险因素　　　　　　　　B. 负责职业责任保险

C. 制定风险财务对策　　　　　　D. 处理安全事故

E. 市场竞争分析

92. 当事人一方不履行合同义务或履行合同义务不符合约定的，承担违约责任的一般方式包括（　　）。

A. 停止违约行为　　　　　　　　B. 赔偿损失

C. 支付违约金　　　　　　　　　D. 继续履行

E. 终止履行

93. 中国工程咨询协会在行业自律管理方面主要制定了（　　）。

A. 职业道德准则　　　　　　　　B. 质量管理办法

C. 工程咨询服务收费标准　　　　D. 工程咨询服务协议书范本

E. 进度管理办法

94. 下列关于知识产权具有严格的地域性特点的说法，正确的是（　　）。

A. 中国专利局授予的专利只能在中国受保护

B. 外国人在我国领域使用中国专利局授权的专利，不侵犯我国专利权

C. 我国公民的发明创造要想在其他国家受保护，必须在这些国家申请专利

D. 中国专利局授予的专利权，根据国际公约可以在外国受保护

E. 执行《保护工业产权巴黎公约》规定原则

95. 重视工程咨询业职业道德规范建设的意义在于（　　）。

　　A. 它是工程咨询行业进行执业检查的重要内容

　　B. 它有利于工程咨询行业提高自身诚信度

　　C. 它是工程咨询行业进行质量评定的重要内容

　　D. 它是工程咨询行业向社会的郑重承诺

　　E. 它是确定工程咨询机构资质等级的条件

参考答案

一、单项选择题

1	A	2	A	3	B	4	C	5	B
6	A	7	B	8	D	9	C	10	B
11	B	12	C	13	A	14	A	15	D
16	A	17	D	18	B	19	D	20	A
21	B	22	C	23	C	24	C	25	B
26	B	27	A	28	B	29	B	30	C
31	A	32	D	33	C	34	B	35	C
36	A	37	D	38	B	39	D	40	B
41	B	42	C	43	C	44	D	45	B
46	C	47	A	48	B	49	C	50	B
51	A	52	C	53	A	54	D	55	C
56	D	57	A	58	A	59	D	60	A

二、多项选择题

61	ABCD	62	ABCE	63	ABDE	64	ACE	65	BCDE
66	ABDE	67	ACE	68	ACDE	69	ABDE	70	ABCD
71	ABC	72	ACD	73	ABD	74	ABDE	75	ABCE
76	BCDE	77	ABDE	78	BCE	79	ABCE	80	ABCD
81	BCDE	82	CDE	83	ABCE	84	BCD	85	ACE
86	ABCE	87	BC	88	ABD	89	ABCD	90	ACDE
91	ABCD	92	ABCD	93	ABD	94	ABCE	95	ABD

工程咨询概论（六）

一、单项选择题（共60题，每题1分。每题的备选项中，只有1个最符合题意）

1. （　　）不是工程咨询公司管理结构的一部分。
   A. 决策管理层　　　　B. 作业管理层　　　　C. 中间管理层　　　　D. 最高管理层

2. 咨询项目管理的主要工作不包括（　　）。
   A. 界定项目计划　　　　　　　　　　B. 关键路径行动计划
   C. 落实责任　　　　　　　　　　　　D. 时间、成本、质量管理和控制

3. 中国工程咨询协会于2001年出版了《中国工程咨询协会质量管理导则》，阐述了国际标准化组织发布的2000版（　　）国际标准要求。
   A. ISO 9000　　　B. ISO 14000　　　C. ISO 9001　　　D. ISO 14001

4. 工程咨询业属于（　　）。
   A. 第一产业　　　B. 第三产业　　　C. 第二产业　　　D. 第四产业

5. （　　）又称"要保书"、"要保单"或投保申请书，是投保人申请保险的一种书面形式，由投保人按保险人事先设计的内容和格式填写。
   A. 投保单　　　　B. 保单　　　　C. 保险要约　　　　D. 保函

6. （　　）是项目前期阶段咨询工作的核心。
   A. 项目规划咨询　　B. 项目机会研究　　C. 项目投资前咨询　　D. 项目决策咨询

7. 项目建议书的建设方案初步论证要明确的主要问题是（　　）。
   A. 项目构成和经济指标估算　　　　　B. 项目的组织设计
   C. 项目技术可行性　　　　　　　　　D. 项目的经济合理性

8. （　　）是宏观专题研究和投资决策咨询研究的一个重要组成部分，对政府规划的编制和政策的修订有重要意义。
   A. 专题研究咨询　　B. 政府研究咨询　　C. 规划研究咨询　　D. 政策研究咨询

9. （　　）是实现社会扩大再生产的根本途径，是保持经济和社会长期稳定发展的重要手段。
   A. 经济建设　　　　B. 资金建设　　　　C. 工程建设　　　　D. 投资建设

10. 投资项目按（　　），可分为生产性项目和非生产性项目。
    A. 项目的性质　　B. 项目的用途　　C. 行业　　　　D. 经营收益

11. 投保工程一切险应提交的资料不包括（　　）。
    A. 工程承包合同　　B. 工程进度表　　C. 施工组织设计　　D. 工程设计文件

12. 合同管理开始于（　　）阶段，包括合同类型的选择，合同条款的起草、谈判和签订。
    A. 项目准备　　　　B. 项目实施　　　　C. 立项审查　　　　D. 项目咨询

13. 下列不属于社会发展和人力资源开发类项目特点的是（　　）。
    A. 项目直接为改善和提高人民生活质量的公共事业服务
    B. 项目财务效益不明显，但社会效益显著
    C. 项目主要是社会效益

   D. 项目资金来源一般全部来自预算资金和公共资金

14. 工程咨询服务对象不包括（   ）。
   A. 为出资人服务　　B. 为政府机关服务　　C. 为项目业主服务　　D. 为承包商服务

15. 业主工程师是指经过竞争性选聘或直接受项目业主的委托，为其提供工程咨询服务的（   ）。
   A. 工程咨询单位　　B. 工程咨询师　　C. 工程咨询监理人　　D. 工程咨询人

16. 设备采购招标、评标的程序与土木工程招标的程序（   ）。
   A. 有些相似　　B. 基本一致　　C. 完全不相同　　D. 无法比较

17. 在项目可行性研究中，项目的社会评价应主要从（   ）进行分析和评价。
   A. 可持续发展的角度　　　　　　　　B. 国家和社会进步的角度
   C. 资源优化配置的角度　　　　　　　D. 经济合理性与技术可行性的角度

18. 我国注册咨询工程师（投资）资格报名考试按（   ）原则进行。
   A. 居住地　　B. 工作地　　C. 属地化　　D. 异地化

19. （   ）的关键是确立咨询单位的业务定位和发展目标，识别并培育能够达成目标的核心竞争力。
   A. 组织设计　　B. 组织管理　　C. 组织策划　　D. 发展战略

20. 下列不符合工程咨询单位中项目经理素质要求的是（   ）。
   A. 具有符合咨询项目管理要求的执行力
   B. 具有相应的咨询项目管理经验和业绩
   C. 具有符合咨询项目管理任务的专业技术、管理、经济和法律知识
   D. 具有良好的职业道德

21. 项目前期阶段的融资咨询主要是从项目（   ）的角度，分析研究构造项目的融资方案，为投资决策服务。
   A. 法人　　B. 融资渠道　　C. 经济性　　D. 投资人

22. 建设工程勘察、设计的发包与承包双方，必须严格按程序办事，坚持（   ）的原则。
   A. 勘察、设计、施工同时进行　　　　B. 先设计、后施工、再测设
   C. 先设计、后审查、再施工　　　　　D. 先勘察、后设计、再施工

23. 在（   ），对机会或问题的条件进行内外环境的搜索或调查。
   A. 设计阶段　　B. 情报阶段　　C. 实施阶段　　D. 选择阶段

24. （   ）是投保人与保险人约定保险权利义务关系的协议，是实施保险的依据。
   A. 工程保险　　B. 保险合同　　C. 保险　　D. 保险凭证

25. 从纵向来看，我国规划体系不包括（   ）。
   A. 综合规划　　B. 专项规划　　C. 个人规划　　D. 企业规划

26. 工程监理任务中的管理任务包括（   ）。
   A. 进度管理和质量管理　　　　　　　B. 合同管理和信息管理
   C. 投资管理和成本管理　　　　　　　D. 协调管理和执行管理

27. 投资人通常雇用（   ）对工程的质量、进度和投资进行控制。
   A. 项目法人　　B. 监理工程师　　C. 咨询工程师　　D. 项目经理

28. （   ）包括规划研究和规划评估，是工程咨询的一项重要任务。

A. 规划咨询　　　　B. 规划决策　　　　C. 规划分析　　　　D. 规划实施

29. 对外商投资项目核准现在改为只核准(　　)。

A. 外商投资项目建议书　　　　　　　B. 外商投资项目可行性研究报告

C. 外商投资项目申请报告　　　　　　D. 外商投资项目计划书

30. 工程勘察不包括(　　)。

A. 工程分析　　　　B. 工程测量　　　　C. 水文地质勘察　　　D. 工程地质勘察

31. 工程咨询专题研究的范围、内容、深度等应根据(　　)来确定。

A. 地区和社会发展水平　　　　　　　B. 咨询公司的业务领域

C. 产业特点　　　　　　　　　　　　D. 客户要求和研究需要

32. (　　)是关于认识世界、改造世界、探索实现主观世界与客观世界相一致的最一般的
方法。

A. 辩证方法　　　　B. 逻辑方法　　　　C. 哲学方法　　　　D. 行为方法

33. 工程监理的中心任务，归结为(　　)。

A. 四控二管三协调　B. 四控一管一协调　C. 四控二管一协调　D. 四控一管二协调

34. (　　)是项目业主单位、执行机构或主管部门对项目实施过程的全面总结，实施转入生
产的工程验收。

A. 竣工验收　　　　B. 竣工咨询　　　　C. 总结评价　　　　D. 工程评估

35. (　　)是指评价不受项目决策者、管理者、执行者和前评估人员的干扰，这是评价的公
正性和客观性的重要保障。

A. 专业性　　　　　B. 可操作性　　　　C. 自主性　　　　　D. 独立性

36. 项目后评价是通过对项目全面地总结评价，吸取经验教训，改进和提高项目决策水平，
达到(　　)的目的。

A. 优化资源配置　　　　　　　　　　B. 增强项目盈利能力

C. 提高投资效益　　　　　　　　　　D. 改善投资环境

37. (　　)是在各个工程咨询阶段及咨询内容中均可以采用的咨询方法。

A. 经验法　　　　　B. 专业方法　　　　C. 通用方法　　　　D. 对比法

38. 效益建成一般需要(　　)年或更长的时间。

A. 1～2　　　　　　B. 3～5　　　　　　C. 1～3　　　　　　D. 2～4

39. (　　)是对项目进行全面管理的中心，反映了各投资方对项目的要求，通常采用间接管
理方式。

A. 业主的项目管理　　　　　　　　　B. 承包商的项目管理

C. 咨询工程师的项目管理　　　　　　D. 政府部门的项目管理

40. (　　)是项目管理的核心内容，是为保证项目合同的合理签订和顺利实施，旨在实现项
目预期目标而采取的必要管理活动。

A. 项目采购管理　　B. 项目范围管理　　C. 项目合同管理　　D. 项目进度管理

41. (　　)可以适用于工程建设投资决策阶段和实施阶段，但目前主要用于工程施工阶段。

A. 工程监理　　　　B. 工程组织管理　　C. 工程咨询　　　　D. 工程招投标

42. (　　)是工程咨询常用的方法。

A. 可行性对比　　　B. 方案对比　　　　C. 系统对比　　　　D. 主体效应对比

43. （ ）是亚洲开发银行倡导的一种采购方式。
    A. 公开招标方式　　　B. 框架合同方式　　　C. 邀请招标方式　　　D. 直接委托方式

44. 咨询人员的工作安排可用（ ）表示，并作为财务建议书中费用估算的时间依据。
    A. 条形图　　　　　　B. 横道图　　　　　　C. 线形图　　　　　　D. 扇形图

45. 下列不属于人月费单价法计算工程咨询费用的内容是（ ）。
    A. 预见费　　　　　　B. 可报销费用　　　　C. 酬金　　　　　　　D. 不可预见费

46. 工程咨询服务费用的估算以（ ）中拟定的工作量和预期成果目标为依据，估算完成咨询任务所需要的人力、物力、时间和费用。
    A. 估算指标　　　　　B. 工作大纲　　　　　C. 概算定额　　　　　D. 工程量清单

47. 常用的统计数是（ ）的基础。
    A. 定性分析　　　　　B. 定量分析　　　　　C. 线性分析　　　　　D. 正态分布分析

48. 根据《建设项目前期工作咨询收费暂行规定》，项目投资在 3000 万元以下的，由（ ）制定收费标准。
    A. 地市级政府部门　　B. 省级政府部门　　　C. 省级物价部门　　　D. 地市级物价部门

49. （ ）是中国工程咨询协会的最高权力机构。
    A. 会员代表大会　　　B. 全员代表大会　　　C. 董事会　　　　　　D. 理事会

50. 中国工程咨询协会挂靠（ ），是我国工程咨询行业覆盖经济建设全过程咨询服务的行业组织，承担行业管理的具体工作。
    A. 经济贸易委员会　　　　　　　　　　　　B. 国家发展和改革委员会
    C. 住房和城乡建设部　　　　　　　　　　　D. 民政部

51. 为了加强工程建设项目监理，确保工程建设质量，提高工程建设监理人员素质和工程建设监理工作水平，原建设部从（ ）年起进行监理工程师的考试试点和注册工作。
    A. 1988　　　　　　　B. 1990　　　　　　　C. 1996　　　　　　　D. 1997

52. AIA 系列合同文件的核心是（ ）。
    A. 通用条件　　　　　B. 协议书格式　　　　C. 附件　　　　　　　D. 计价方式

53. FIDIC 的组织机构组成中不包括（ ）。
    A. 成员协会代表大会　　　　　　　　　　　B. 执行委员会
    C. 秘书处　　　　　　　　　　　　　　　　D. 理事会

54. FIDIC 的宗旨是促使会员企业实现商业利益，成为国际上工程咨询业的会员之家，并向各成员协会乃至全社会传播（ ）。
    A. 建筑信息　　　　　B. 工程信息　　　　　C. 技术信息　　　　　D. 有益信息

55. （ ）是行使国家立法权的全国人民代表大会及其常务委员会制定的规范性文件，在全国范围内具有普遍的约束力。
    A. 法律　　　　　　　B. 部门规章　　　　　C. 技术规范　　　　　D. 行政法规

56. 现在我国政企分开，行政干预解决工程争议的情况不多，用（ ）方式解决争议较为普遍。
    A. 和解　　　　　　　B. 调解　　　　　　　C. 仲裁　　　　　　　D. 民事诉讼

57. 定金对于债权的担保作用主要体现为（ ），给付定金的一方不履行约定债务的，无权要求返还定金；收受定金的一方不履行约定债务的，应当双倍返还定金。

A. 继续履行　　　　　B. 赔偿损失　　　　　C. 定金罚则　　　　　D. 支付违约金

58. 工程咨询方法具有（　　）的特点。

A. 多样性　　　　　　B. 分化性　　　　　　C. 普遍性　　　　　　D. 权威性

59. 我国发明专利的保护期为20年，实用新型专利权和外观设计专利权的期限为（　　）年，均自专利申请日起计算。

A. 5　　　　　　　　　B. 10　　　　　　　　C. 15　　　　　　　　D. 20

60. 客户在（　　），应将咨询合同草案发给工程咨询公司。

A. 收到投标文件后　　　　　　　　　　　B. 开标前

C. 发送投标邀请函时　　　　　　　　　　D. 签订合同前

二、**多项选择题**（共35题，每题2分。每题的备选项中，有2个或2个以上符合题意，至少有1个错项。错选，本题不得分；少选，所选的每个选项得0.5分）

61. 工程咨询单位中项目经理的权限有（　　）。

A. 代表项目法人处理近外层、远外层相关事务

B. 修正项目组预算

C. 充分利用咨询单位资源完成项目

D. 批准项目组人员、计划变更

E. 批准项目组的工作报告

62. 国民经济和社会发展规划按行政层级分为（　　）。

A. 国家级规划　　　　　　　　　　　　　B. 涉外规划

C. 省（区、市）级规划　　　　　　　　　D. 市县级规划

E. 乡镇级规划

63. 咨询项目管理要做好的工作有（　　）。

A. 界定项目　　　　　　　　　　　　　　B. 时间、成本、质量管理和控制

C. 市场细分、市场定位　　　　　　　　　D. 关键路径行动计划

E. 落实责任

64. （　　）是咨询活动的必备条件。

A. 咨询服务　　　　　　　　　　　　　　B. 咨询需求

C. 咨询供给　　　　　　　　　　　　　　D. 咨询过程

E. 咨询人

65. 工程咨询评估一般遵循的原则是（　　）。

A. 可比分析与单独分析相结合，以可比分析为主

B. 定量分析与定性分析相结合，以定量分析为主

C. 宏观投资效果分析与项目微观投资效果分析相结合，以企业层面的微观分析为主

D. 动态分析与静态分析相结合，以动态分析为主

E. 综合分析与单项分析相结合，以综合分析为主

66. 工程咨询投资按资金来源，可分为（　　）。

A. 国内贷款　　　　　　　　　　　　　　B. 利用外资

C. 国有经济投资　　　　　　　　　　　　D. 自筹投资

E. 其他投资

67. 投资项目按行业，可分为（　　）。

A. 工业项目
B. 交通运输项目
C. 农林水利项目
D. 社会事业项目
E. 竞争性项目

68. 从项目周期阶段各项工作运行和管理角度，可以把项目的内部管理分为（　　）等层次。

A. 决策管理
B. 计划管理
C. 流程管理
D. 规划管理
E. 执行管理

69. 政府直接投资项目前期论证重点关注的问题有（　　）。

A. 土地利用与移民安置方案
B. 项目建设方案
C. 项目实施方案
D. 项目组织制度
E. 项目需求及目标定位

70. 招标代理机构不得（　　）。

A. 无权代理
B. 明知委托事项违法仍代理
C. 越权代理
D. 接受同一个项目的招标代理和投标咨询业务
E. 推荐多于一个中标候选人

71. 亚太地区工程咨询存在潜力的主要领域是（　　）。

A. 基础设施开发项目
B. 公共设施开发项目
C. 工业开发项目
D. 基础工业开发项目
E. 服务业开发项目

72. 工程咨询单位包括的要素有（　　）。

A. 具有特定的组织形式和组织结构
B. 具有实现特定的赢利目标
C. 具有明确的业务性质定位和法人地位
D. 具有专业的素养和知识的专业人才
E. 具有明晰的责任约束机制及活动规则

73. 工程咨询单位组织设计的一般原则有（　　）。

A. 精简、高效原则
B. 集权与分权原则
C. 管理层次与管理跨度适当原则
D. 岗位责任与权力一致原则
E. 才能与组织管理相称原则

74. （　　）是项目管理公司代表业主对项目施行全过程管理。

A. 代建制模式
B. BOT 模式
C. 总承包模式
D. 交钥匙模式
E. PC 模式

75. 项目竣工报告是由项目业主编制的项目实施总结，主要从（　　）方面总结项目的建设工作。

A. 工程信息
B. 工程进度
C. 工程质量
D. 工程造价
E. 工程合同

76. 保险合同的签订和执行必须遵守的原则包括（   ）。
    A. 可保利益原则   B. 近因和远因原则
    C. 最大诚信原则   D. 损失补偿原则
    E. 代位求偿原则

77. 规划咨询应遵循的基本原则有（   ）。
    A. 坚持以人为本，全面、协调、可持续的科学发展观
    B. 坚持宏观分析与中观、微观分析相结合
    C. 坚持政策分析与环境分析相结合
    D. 发展和完善社会主义市场经济体制
    E. 规划前瞻性与操作性相结合

78. 市场分析包括的内容有（   ）。
    A. 市场价格分析   B. 市场竞争力分析
    C. 市场风险分析   D. 市场现状调查
    E. 市场规模分析

79. 设备监理的工作范围包括（   ）。
    A. 设备设计监理   B. 设备采购监理
    C. 设备控制监理   D. 设备制造监理
    E. 设备运作监理

80. 对项目评估报告后评价的重点是（   ）。
    A. 对项目评估报告目标的分析评价
    B. 项目评估报告依据、条件、途径的分析评价
    C. 对项目评估报告效益指标的分析评价
    D. 对项目评估报告风险分析的评价
    E. 项目的目的和目标是否明确、合理

81. 一般可以（   ）选择工程承包合同方式。
    A. 承包商义务范围   B. 支付方式
    C. 投资人指定范围   D. 项目组织方式
    E. 合同约定方式

82. 现代工程咨询方法体系由（   ）构成。
    A. 哲学方法   B. 科学方法
    C. 逻辑方法   D. 专业方法
    E. 专项方法

83. 工程咨询服务对象包含（   ）。
    A. 政府机构   B. 工程承包商
    C. 技术开发商   D. 国内贷款银行
    E. 国际金融组织

84. 项目后评价的任务包括（   ）。
    A. 项目目标和持续性的评价   B. 项目可行性评价
    C. 项目效果和效益的分析评价   D. 项目全过程的回顾和总结

E. 总结经验教训，提出对策建议

85. 项目管理模式是多种多样的，而且还在不断完善和创新，常见的模式包括（　　）。

   A. 代建管理模式

   B. 设计采购建造（EPC）交钥匙模式

   C. BOT 模式

   D. 委托咨询公司协助业主进行项目管理

   E. 管理承包模式

86. 工程咨询信息化的应用范围有（　　）。

   A. 工程咨询业务管理系统

   B. 工程咨询专业信息管理系统

   C. 工程咨询支持管理系统

   D. 客户关系管理系统

   E. 互联网

87. 工程咨询服务采购，是指（　　）的选聘。

   A. 工程咨询单位

   B. 咨询工程师

   C. 咨询设备

   D. 咨询专家

   E. 业主和承包商

88. 编制投标文件的准备工作包括（　　）。

   A. 投标单位概况

   B. 认真研究招标文件

   C. 充分了解工程项目的有关信息

   D. 对本项目的理解

   E. 合理选配执行任务的咨询专家

89. 人月费率也称月酬金，由（　　）组成。

   A. 基本工资

   B. 社会福利费

   C. 咨询单位财务费

   D. 咨询单位利润

   E. 海外津贴与艰苦地区津贴

90. 中国工程咨询协会组织机构由（　　）组成。

   A. 会员代表大会

   B. 全员代表大会

   C. 董事会

   D. 理事会

   E. 常务理事会

91. 《建设工程勘察设计资质管理规定》规定，工程设计资质分为（　　）。

   A. 工程设计综合资质

   B. 工程设计行业资质

   C. 工程设计专业资质

   D. 工程设计专项资质

   E. 工程设计地域资质

92. 涉及投资建设管理的法律很多，有的法律条款对咨询活动作出了规定，有的法律虽然不是直接规范咨询行为的，但在进行咨询活动时也必须遵循。这些法律主要包括（　　）等。

   A. 《中华人民共和国建设工程质量管理条例》

   B. 《中华人民共和国建筑法》

   C. 《中华人民共和国公司法》

   D. 《中华人民共和国合同法》

   E. 《中华人民共和国建设工程勘察设计管理条例》

93. 项目诊断的程序包括（　　）。

   A. 接受诊断委托任务

   B. 调查研究收集资料

   C. 分析问题的原因

   D. 提交诊断报告

E. 项目诊断中止

94. 根据《中华人民共和国合同法》和《建设工程招标代理合同（示范文本）》的规定，代理人主要的违约责任有（　　）。

A. 未按合同约定向委托人提供为完成招标工作的咨询服务，赔偿因其违约给委托人造成的损失

B. 未按合同约定接受了与招标代理工程建设项目有关的投标咨询服务，赔偿因其违约给委托人造成的损失

C. 未按合同约定泄露了与招标代理工程建设项目有关的任何招标资料和情况，赔偿因其违约给委托人造成的损失

D. 不履行合同义务或不按合同约定履行义务的其他情况，赔偿因其违约给委托人造成的损失

E. 招标代理人的赔偿金额，视违约的严重程度必要时应超过委托代理报酬的金额

95. 已取得有关部门颁发的工程设计证书或工程监理证书，需要申请工程咨询单位资格等级证书的单位可以只提交（　　）。

A. 工程咨询单位资格等级申请书　　　　B. 安全生产许可证附件

C. 企业法人营业执照　　　　　　　　　D. 单位章程

E. 企业注册资本金和技术力量证明文件

参考答案

一、单项选择题

1	A	2	A	3	A	4	B	5	A
6	D	7	A	8	C	9	D	10	B
11	C	12	A	13	B	14	B	15	A
16	B	17	B	18	C	19	D	20	A
21	D	22	D	23	B	24	B	25	C
26	B	27	B	28	A	29	C	30	A
31	D	32	C	33	B	34	A	35	D
36	C	37	C	38	B	39	A	40	C
41	A	42	B	43	B	44	B	45	A
46	B	47	B	48	C	49	A	50	B
51	B	52	A	53	D	54	D	55	A
56	C	57	C	58	A	59	B	60	C

二、多项选择题

61	BCDE	62	ACD	63	ABDE	64	BC	65	BCDE
66	ABDE	67	ABCD	68	AE	69	ABCE	70	ABCD
71	AC	72	ACE	73	ABCD	74	BD	75	BCD
76	ACDE	77	ADE	78	ABCD	79	ABD	80	ACD
81	ABD	82	ACD	83	ABDE	84	ACDE	85	BCDE
86	ABDE	87	AD	88	BCE	89	ABDE	90	ADE
91	ABCD	92	BCD	93	ABCD	94	ABCD	95	AD

工程咨询概论（七）

一、单项选择题（共 60 题，每题 1 分。每题的备选项中，只有 1 个最符合题意）

1. （　　）是工程咨询单位的生命线，是其形象荣誉的表征，也是核心竞争能力的最终反映。
　　A. 咨询服务进度　　　　B. 咨询服务业绩　　　C. 咨询服务质量　　　　D. 咨询服务能力

2. 工程咨询单位人力资源规划不包括（　　）。
　　A. 预期未来企业人力资源的可能状态
　　B. 执行中的和潜在的咨询项目所需人力资源清单
　　C. 分析预测人力资源的短缺或过剩状况
　　D. 人力资源获取、利用、开发和调整规划

3. 岗位培训的常见方法不包括（　　）。
　　A. 指导　　　　　　　　B. 工作轮换　　　　　C. 测评　　　　　　　　D. 承担专门任务

4. 工程咨询单位的（　　），是其从事市场中介服务的法律基础，是坚持客观、公正立场的前提条件，是赢得社会信任的重要因素。
　　A. 唯一性　　　　　　　B. 独立性　　　　　　C. 科学性　　　　　　　D. 公正性

5. 2000 年版质量管理标准采用了国际通用的（　　）的动态循环模式，要求企业各层次都要有应用此概念来保持和持续改进过程的能力。
　　A. TQC　　　　　　　　B. 5W2H　　　　　　 C. PDCA　　　　　　　 D. GB/T 19001—2000

6. （　　）是对工程设计方案从项目目标、采用的设计标准与规范、工艺流程以及基础数据的选取等方面进行审核。
　　A. 工程设计　　　　　　B. 设计审查　　　　　C. 项目规划咨询　　　　D. 项目决策咨询

7. （　　）是进行初步可行性研究之前的准备性调查研究。
　　A. 技术性研究　　　　　B. 经济性研究　　　　C. 机会研究　　　　　　D. 效果研究

8. 工程设计以（　　）为依据，一般分为扩大初步设计和施工图设计。
　　A. 批准设计报告　　　　　　　　　　　　　　B. 批准的可行性报告
　　C. 批准的初步可行性报告　　　　　　　　　　D. 批准的计划设计报告

9. 工程咨询使用的投资概念在无特别申明的情况下，一般作为（　　）的简称。
　　A. 流动资产投资　　　B. 非固定资产投资　　C. 固定资产投资　　　　D. 国家预算内投资

10. （　　）是投资建设发展的产物。
　　A. 工程预算　　　　　　B. 工程规划　　　　　C. 工程咨询　　　　　　D. 工程结算

11. （　　）是对机会研究所选择的项目进行进一步的分析论证。
　　A. 初步可行性研究　　　　　　　　　　　　　B. 可行性研究
　　C. 项目投资机会研究　　　　　　　　　　　　D. 项目投资机会甄选

12. 以能否带来盈利等机会为标志，将风险分为机会风险和（　　）。
　　A. 战略风险　　　　　　B. 损失风险　　　　　C. 纯粹风险　　　　　　D. 无机会风险

13. （　　）不属于联合国工业发展组织从资金投入—产出循环的角度，将项目周期划分的

时间。

    A. 投资前时期   B. 投资时期   C. 成品时期   D. 生产时期

14. （　　）是从宏观层面研究地区或行业的发展目标、产业政策、经济结构、规模布局、可持续发展等问题，为政策的调整和完善服务。

    A. 宏观研究   B. 专题研究   C. 规划咨询   D. 政策咨询

15. 业主工程师是指经过竞争性选聘或直接受项目业主的委托，为其提供工程咨询服务的（　　）。

    A. 工程咨询单位   B. 工程咨询师   C. 工程咨询监理人   D. 工程咨询人

16. 项目准备阶段的融资咨询主要是从（　　）的角度，调整和落实融资方案，为项目融资和企业理财服务，同时可以为贷款银行提供融资方法和融资条件方面的咨询服务。

    A. 融资渠道   B. 投资效果   C. 项目法人和企业 D. 项目客体

17. 投资项目的（　　）是工程咨询的核心内容，也是注册咨询工程师（投资）的主要执业范围。

    A. 前期咨询   B. 立项咨询   C. 后期咨询   D. 运营咨询

18. 注册咨询工程师（投资）考试科目中，（　　）是检验考生运用规范的方法和手段，从事工程咨询服务的基本素质和综合能力。

    A. 《工程咨询概论》   B. 《项目决策分析与评价》

    C. 《工程项目组织与管理》   D. 《宏观经济政策与发展规划》

19. （　　）即为通过提升咨询单位竞争实力，增强传统市场的渗透能力和新市场的开拓能力，扩展业务范围，提高市场占有率。

    A. 发展目标   B. 盈利目标   C. 战略目标   D. 市场目标

20. （　　）在很大程度上决定项目的成功与失败。

    A. 市场调查   B. 项目计划   C. 项目分析   D. 市场规划

21. 项目准备阶段的融资咨询应考虑的内容包括项目财务风险最低及（　　）。

    A. 资金效果最大化 B. 股东权益最大化 C. 企业收益最大化 D. 资源配置最优化

22. 在项目建议书阶段，投资估算和成本估算的精确度在（　　）左右。

    A. ±20%   B. ±15%   C. ±10%   D. ±5%

23. （　　）就是建立质量方针和质量目标，并为实现这些质量目标确定相关过程、活动和资源建立一个管理体系。

    A. 质量安全管理体系   B. 工程咨询单位质量安全管理体系

    C. 质量管理体系   D. 工程咨询单位质量管理体系

24. （　　）是投保人与保险人约定保险权利义务关系的协议，是实施保险的依据。

    A. 工程保险   B. 保险合同   C. 保险   D. 保险凭证

25. （　　）是政府以国民经济和社会发展的某一特定领域为对象编制的规划，是总体规划在特定领域的延伸和细化。

    A. 综合规划   B. 区域规划   C. 专项规划   D. 企业规划

26. 工程管理的核心是（　　）。

    A. 工程研究   B. 合同管理   C. 经济研究   D. 动态管理

27. 管理承包合同通常采用（　　）的方式。

A. 总价　　　　　　　B. 固定总价　　　　　C. 计量与估价　　　　D. 成本加酬金

28. 发展目标中，（　　）主要是指体制改革、组织机构、管理制度和人员素质等。

A. 企业目标　　　　　B. 管理目标　　　　　C. 经济目标　　　　　D. 技术目标

29. 根据投资体制改革的要求，备案的具体内容由（　　）规定。

A. 国家发展和改革委员会　　　　　　　　B. 省级人民政府

C. 住房和城乡建设部　　　　　　　　　　D. 地市级人民政府

30. （　　）是对拟建工程项目场地和附近区域内的地形地貌进行测绘和度量。

A. 工程分析　　　　　B. 工程研究　　　　　C. 工程测量　　　　　D. 工程地质勘察

31. 项目跟踪评价也称为（　　）或绩效评价。

A. 监督评价　　　　　B. 动态评价　　　　　C. 效益评价　　　　　D. 中间评价

32. （　　）是工程咨询评估中最常用的方法，可用于项目周期的各个阶段。

A. 调查法　　　　　　B. 经验法　　　　　　C. 对比法　　　　　　D. 专家意见法

33. 监理实施细则应在工程施工开始前编制完成，并经（　　）批准，再报送甲方和乙方。

A. 业主　　　　　　　B. 咨询工程师　　　　C. 承包商　　　　　　D. 总监理工程师

34. （　　）是确定完成投产运营前准备工作的中心，对以后的投产运营系统顺利运行有重要的作用。

A. 项目运营准备　　　　　　　　　　　　B. 生产经营战略咨询

C. 生产经营组织咨询　　　　　　　　　　D. 生产管理咨询

35. 和项目前评估相比，后评价的最大特点是（　　）。

A. 信息的数量　　　　B. 信息的安全　　　　C. 信息的反馈　　　　D. 信息的全面

36. 对于经营性项目，一般在项目投产运营（　　）后进行后评价。

A. 1～2 年　　　　　　B. 3～5 年　　　　　　C. 2～4 年　　　　　　D. 3～8 年

37. （　　）是咨询研究中最常用的方法。

A. 定性分析法　　　　B. 定量分析法　　　　C. 静态分析法　　　　D. 动态分析法

38. 项目竣工验收是在项目工程建成时进行的以（　　）完成为主的项目总结和验收。

A. 工程造价　　　　　B. 工程质量　　　　　C. 工程技术　　　　　D. 工程安全

39. 项目管理的目的是（　　）。

A. 实现投资者预期的投资目标，使项目投资控制在可接受的范围之内，保证项目建成后在功能和质量上达到设计标准

B. 实现项目目标，即在保证经济、合理、安全、环保的前提下实现建设项目的投资、质量、进度最优化

C. 保证投入资金的安全性和预期收益

D. 保证投资方向符合国家的产业政策，符合社会经济发展规划和环境保护等方面的要求，合理控制整体投资规模

40. （　　）是项目管理公司代表业主对项目施行全过程管理。

A. 代理管理模式　　　B. BOT 模式　　　　　C. 管理承包模式　　　D. 交钥匙模式

41. 下列属于项目后评价要完成的咨询任务的是（　　）。

A. 项目的监测评价　　　　　　　　　　　B. 项目绩效管理

C. 项目目标和持续性的评价　　　　　　　D. 项目工程技术的总结

42. 在后评价中采用财务数据不能简单地使用实际数据，应扣除实际数据中物价指数的影响，使之与前评估的各项评价指标（   ）。

    A. 对应   B. 可比   C. 相符   D. 同质

43. （   ）是招标文件的重要组成部分，是指导投标人如何进行投标的重要文件。

    A. 招标公告   B. 投标人须知   C. 职责范围   D. 合同条件

44. （   ）适用于费用预算准确、固定的常规性咨询服务项目。

    A. 质量成本评估法   B. 固定成本评估法   C. 质量安全评估法   D. 固定预算评估法

45. （   ）也称商务建议书，咨询单位应按照招标文件的要求编写。

    A. 财务建议书   B. 技术建议书   C. 规划建议书   D. 投标建议书

46. （   ）是目前国际上广泛用于规划、项目、活动的策划、分析、管理、评价的基本方法。

    A. 系统分析法   B. 头脑风暴法   C. 逻辑框架法   D. 德尔菲法

47. 按国际惯例，以公开招标方式选择工程咨询公司的步骤不包括（   ）。

    A. 编制工作大纲   B. 刊登招标公告   C. 发送投标邀请书   D. 评价建议书

48. （   ）也称月酬金，由咨询人员的基本工资、社会福利费、海外津贴与艰苦地区津贴，以及咨询单位管理费和利润组成。

    A. 酬金   B. 可报销费用   C. 人月费率   D. 可预见费

49. 会员代表大会延期换届最长不超过（   ）年。

    A. 1   B. 2   C. 3   D. 4

50. 中国工程咨询协会有（   ）个行业专业委员会。

    A. 14   B. 15   C. 16   D. 17

51. 工程监理企业专业资质原则上分为甲、乙、丙三个级别，并按照工程性和技术特点划分为（   ）个专业工程类别。

    A. 4   B. 11   C. 14   D. 21

52. 环境影响评价工程师职业资格实行（   ）制度。

    A. 不定期登记   B. 不定点登记   C. 定点登记   D. 定期登记

53. （   ）可适用于以交钥匙方式提供工厂或类似设施的加工或动力设备、基础设施项目或其他类型的开发项目，采用总价合同。

    A.《施工合同条件》

    B.《生产设备和设计—施工合同条件》

    C.《设计采购施工（EPC）/交钥匙工程合同条件》

    D.《简明合同格式》

54. FIDIC 吸收各个国家（地区）具有代表性的工程咨询协会为成员，代表着世界上为建设和（   ）提供以技术为基础的智力服务的企业，是国际工程咨询界最具权威的联合组织。

    A. 社会环境   B. 经济环境   C. 自然环境   D. 环境

55. FIDIC 的成员协会代表大会每（   ）年举行一次，在年会期间举行，代表由各个国家和地区成员协会选派。

    A. 1   B. 2   C. 3   D. 4

56. （   ）是国务院制定和发布的，包括决议、命令、管理条例和规定等，在全国范围内具有行政约束力。

A. 法律　　　　　　　B. 部门规章　　　　　C. 技术规范　　　　　D. 行政法规

57. 所谓（　　），是指法院在诉讼参与人的参加下，审理和解决民事争议的活动，以及在此活动中产生的各种法律关系的总和。

A. 和解　　　　　　　B. 调解　　　　　　　C. 仲裁　　　　　　　D. 民事诉讼

58. 根据规定，政府公益性投资项目（　　）资本金制度。

A. 酌情执行　　　　　B. 可以执行　　　　　C. 执行　　　　　　　D. 不执行

59. 根据《中华人民共和国招标投标法》招标代理人承担下列行政法律责任：泄露应当保密的与招标投标活动有关的情况和资料的，或者与招标人、投标人串通损害国家利益、社会公共利益或者他人合法权益的，处（　　）的罚款，对单位直接负责的主管人员和其他直接责任人员处单位罚款数额 5% 以上 10% 以下的罚款；有违法所得的，并处没收违法所得；情节严重的，暂停直至取消招标代理资格。

A. 1 万元以上 5 万元以下　　　　　　　　B. 5 万元以上 10 万元以下

C. 10 万元以上 20 万元以下　　　　　　　D. 5 万元以上 25 万元以下

60. 工程咨询行业的（　　），是工程咨询行业向社会和市场郑重承诺其诚信度的依据。

A. 职业道德规范　　　B. 质量保证体系　　　C. 业绩　　　　　　　D. 合同

二、多项选择题（共 35 题，每题 2 分。每题的备选项中，有 2 个或 2 个以上符合题意，至少有 1 个错项。错选，本题不得分；少选，所选的每个选项得 0.5 分）

61. 数据库管理系统通常由（　　）等几部分组成。

A. 数据库管理程序　　　　　　　　　　　B. 数据库对内程序

C. 数据库使用程序　　　　　　　　　　　D. 数据库对外程序

E. 数据库语言

62. 我国规划体系的特征有（　　）。

A. 规划具有综合性特征　　　　　　　　　B. 规划具有领域性特征

C. 规划具有延续性特征　　　　　　　　　D. 规划体系具有全面性特征

E. 规划体系具有层次性特征

63. 注册咨询工程师（投资）的职业道德素质要求有（　　）等。

A. 保守执业中接触到的技术和商务秘密

B. 对于所承担的咨询任务的追溯负责

C. 承担能够胜任的任务

D. 不同时受聘于两个或两个以上的工程咨询单位

E. 维护国家和社会的公共利益

64. 工程咨询在开展工作时应遵循（　　）的原则。

A. 独立　　　　　　　　　　　　　　　　B. 科学

C. 公正　　　　　　　　　　　　　　　　D. 公开

E. 合理

65. 在内资企业境内投资核准申请报告的评估中，对于提出准予核准咨询意见的企业投资项目，必须具备的条件是（　　）。

A. 符合国家法律法规　　　　　　　　　　B. 符合国家宏观调控政策

C. 经济合理，技术可行　　　　　　　　　D. 符合资源的优化配置

E. 未影响我国经济安全

66. 工程咨询投资按投资主体的经济类型不同，可分为（   ）。

    A. 国有经济投资

    B. 集体经济投资

    C. 个体经济投资

    D. 联营经济投资

    E. 国家预算内投资

67. 投资项目按经营收益不同，可分为（   ）。

    A. 新建项目

    B. 扩建项目

    C. 经营性项目

    D. 非经营性项目

    E. 其他投资项目

68. 项目执行层管理，是指项目业主或项目法人根据决策层的意志或决断，对项目从策划到投入运营全过程各阶段工作的组织实施管理、执行管理，具有（   ）特点。

    A. 全面性

    B. 全局性

    C. 具体性

    D. 经常性

    E. 统领性

69. 工程咨询专题研究分为（   ）。

    A. 国际合作专题研究

    B. 产业专题研究

    C. 理论和方法研究

    D. 宏观专题研究

    E. 微观专题研究

70. 邀请招标的优点有（   ）。

    A. 可以节约时间和费用

    B. 参与竞争的公司数量有限，相互有一定的了解

    C. 有利于早期成本控制

    D. 招标工作量相对较小

    E. 有利于合同管理

71. 考察全球著名的工程咨询企业，主要呈现的发展趋势是（   ）。

    A. 国际化程度高

    B. 企业功能单一化

    C. 向管理咨询业务延伸

    D. 注重核心业务能力建设

    E. 企业规模大型化

72. 综合性工程咨询单位主要从事宏观层面的规划咨询、政策咨询和项目投资决策咨询业务，具有（   ）的特点。

    A. 跨行业

    B. 跨国

    C. 跨部门

    D. 多专业

    E. 多领域

73. 工程咨询单位常见的组织机构模式有（   ）。

    A. 直线制组织形式

    B. 直线职能制组织形式

    C. 职权制组织形式

    D. 事业部制组织形式

    E. 矩阵制组织形式

74. 可行性研究的具体要求主要包括（   ）。

    A. 预见性

    B. 公正性

C. 可靠性   D. 科学性

E. 时效性

75. 竣工报告包括的主要内容有（　　）。

    A. 对项目工程质量的预验收   B. 编制竣工决算书

    C. 竣工资料准备   D. 项目竣工报告

    E. 分部分项工程及检验批验收文件

76. 环境管理体系和职业健康安全管理体系的运行，采用了戴明模型，即通过（　　）等各个环节构成一个动态循环的过程，经过持续改进，不断提高管理系统运行水平，形成螺旋上升式系统化管理模式。

    A. 调查   B. 检查与纠正措施

    C. 实施与运行   D. 规划（策划）

    E. 管理评审

77. 工程咨询专题研究分为（　　）。

    A. 宏观专题研究   B. 微观专题研究

    C. 理论和方法研究   D. 国际合作专题研究

    E. 区域专题研究

78. 初步可行性研究的主要目的是判别项目投资的（　　），初步判断项目方案设想是否具有生命力，据此提出是否需要进一步开展项目可行性研究的结论。

    A. 必要性   B. 目的性

    C. 可能性   D. 风险性

    E. 赢利性

79. 在项目可行性研究阶段，工艺技术方案评价的重点包括（　　）。

    A. 先进性   B. 适应性

    C. 安全可靠性   D. 经济性

    E. 可比性

80. 对项目决策的后评价包括（　　）。

    A. 项目决策程序的分析   B. 投资决策内容的分析与评价

    C. 决策方法的分析与评价   D. 项目评估方法的分析与评价

    E. 项目设计水平的分析与评价

81. 根据投资人愿意规定承包商义务范围大小，可进行（　　）合同形式的选择。

    A. 建造合同   B. 建设合同

    C. 设计—建造合同   D. EPC/交钥匙合同

    E. 建设设计合同

82. 正是由于（　　），使得哲学方法成为人们认识和把握事物普遍本质与真理的根本方法。

    A. 一般性   B. 抽象性

    C. 思辨性   D. 适用性

    E. 普遍性

83. 标准对比是将项目的可验证指标与规范性文件进行对比，以检验项目的（　　）。

    A. 经济性   B. 合法性

C. 科学性   D. 有效性

E. 合理性

84. 咨询评估一般遵循（　　）的原则。

  A. 综合分析与单项分析相结合，以单项分析为主

  B. 动态分析与静态分析相结合，以动态分析为主

  C. 宏观投资效果分析与微观投资效果分析相结合，以宏观投资效果分析为主

  D. 定量分析与定性分析结合，以定量分析为主

  E. 可比分析与单独分析相结合，以可比分析为主

85. 现代项目管理方法的理论体系是多学科知识的集成，可以分为（　　）。

  A. 演绎方法   B. 哲学方法

  C. 经验方法   D. 逻辑方法

  E. 学科方法

86. 根据系统的组成特点和逻辑功能划分，信息系统一般包括（　　）的层次结构。

  A. 安全系统   B. 业务管理层

  C. 系统管理   D. 应用支撑层

  E. 基础环境层

87. 在我国，使用政府性资金和国际金融组织贷款项目的咨询服务，应根据有关规定及咨询服务项目的性质、规模、保密性、复杂程度及紧急程度等，分别采用（　　）。

  A. 招标方式   B. 公开招标

  C. 邀请招标   D. 框架合同

  E. 个人咨询专家

88. 通常采用的评标标准与方法有（　　）。

  A. 质量成本评估法   B. 质量安全评估法

  C. 固定预算评估法   D. 经评审的最低投标价法

  E. 法律、法规和规章允许的其他方法

89. 技术建议书的附件通常包括（　　）。

  A. 委托服务范围

  B. 咨询单位从事类似咨询项目实例（按招标文件的格式和要求填写）

  C. 项目组成员和咨询单位主要支持人员简历（按招标文件的格式和要求填写）

  D. 需要客户提供的协助

  E. 客户要求的其他文件资料

90. 中国工程咨询协会的领导层由（　　）组成。

  A. 会长   B. 副会长

  C. 秘书长   D. 秘书

  E. 会员

91. 我国投资建设领域的个人资质有（　　）。

  A. 注册咨询工程师（投资）   B. 注册建筑师

  C. 注册设计师   D. 注册城市规划师

  E. 环境影响评价工程师

92. 有关工程咨询业的行政法规主要包括(　　)。

    A. 《国务院关于投资体制改革的决定》

    B. 《企业国有资产监督管理暂行条例》

    C. 《国务院关于调整部分行业固定资产投资项目资本金比例的通知》

    D. 《关于固定资产投资项目试行资本金制度的通知》

    E. 《中华人民共和国招标投标法》

93. 在项目后评价中，项目可持续性分析的要素包括(　　)等。

    A. 污染控制　　　　　　　　　　B. 政策调整

    C. 技术水平　　　　　　　　　　D. 创收能力

    E. 财务状况

94. 《伯尔尼公约》的主要内容包括(　　)。

    A. 文学艺术作品，不论其表现形式如何均享受保护

    B. 确立 3 项基本原则：一是国民待遇原则，二是自动保护原则，三是独立保护原则

    C. 关于国民待遇的规定，即缔约国必须给予其他缔约国家国民以与本国国民同等待遇

    D. 关于优先权的规定，申请人一旦提出专利申请或商标注册申请，便享有自申请之日起一定时期的优先权

    E. 作品的保护期限为作者在世之年加死后 50 年。此外，公约对文学艺术作品的各类作品所享有的专有权利作了比较详尽的规定

95. 工程咨询单位资格包括(　　)。

    A. 资格等级　　　　　　　　　　B. 注册资本

    C. 咨询深度　　　　　　　　　　D. 服务范围

    E. 咨询专业

参考答案

一、单项选择题

1	C	2	A	3	C	4	B	5	C
6	B	7	C	8	B	9	C	10	C
11	A	12	C	13	C	14	D	15	A
16	C	17	A	18	A	19	D	20	B
21	B	22	A	23	C	24	B	25	C
26	A	27	D	28	B	29	B	30	C
31	D	32	A	33	D	34	C	35	C
36	B	37	A	38	C	39	B	40	A
41	C	42	B	43	B	44	D	45	A
46	C	47	C	48	C	49	A	50	A
51	D	52	C	53	C	54	A	55	D
56	D	57	A	58	D	59	D	60	A

二、多项选择题

61	ACE	62	AE	63	ACE	64	ABC	65	ABE
66	ABCD	67	CD	68	ACD	69	ACDE	70	ABD
71	ACDE	72	ADE	73	ABDE	74	ABCD	75	ABCD
76	BCDE	77	ABCD	78	AC	79	ABC	80	ABC
81	ACD	82	BC	83	BCDE	84	BCD	85	BDE
86	ACDE	87	BCDE	88	ACDE	89	ABCE	90	ABC
91	ABDE	92	ABCD	93	ABCE	94	ABE	95	ADE

工程咨询概论（八）

一、单项选择题（共60题，每题1分。每题的备选项中，只有1个最符合题意）

1. 工程咨询单位的生命力来自咨询单位严格的自律和（　　）。
   A. 良好的信誉　　　　B. 骄人的业绩　　　　C. 严谨的作风　　　　D. 优质的服务

2. （　　）是市场营销的基础工作。
   A. 市场开拓　　　　B. 市场调查　　　　C. 市场分析　　　　D. 市场细分

3. 工程咨询专题研究的范围、内容、深度等应依据（　　）确定。
   A. 产业特点　　　　　　　　　　B. 客户要求和研究需要
   C. 咨询公司的业务领域　　　　　D. 地区和社会发展水平

4. （　　）是遵循独立、科学、公正的原则，运用多学科知识和经验、现代科学技术和管理方法，为政府部门、项目业主及其他各类客户提供经济社会发展和工程项目决策与实施的智力服务。
   A. 项目策划　　　　B. 工程规划　　　　C. 工程咨询　　　　D. 项目计划

5. 现代工程咨询对信息的基本要求不包括（　　）。
   A. 信息源必须客观、真实、可靠
   B. 信息传播必须动态、时效、可以利用
   C. 信息必须全面或比较全面地反映客观事物
   D. 信息必须满足或基本满足咨询方法的需要

6. （　　）是指项目从开工建设至竣工总结的过程。
   A. 项目准备阶段　　　B. 项目运营阶段　　　C. 项目竣工阶段　　　D. 项目实施阶段

7. 投资项目的（　　）是工程咨询的核心内容，也是注册咨询工程师（投资）的主要执业范围。
   A. 前期咨询　　　　B. 准备咨询　　　　C. 实施咨询　　　　D. 运营咨询

8. 项目环境影响评价应以项目所在国的法规、污染物排放标准为依据，在环境状况调查的基础上，分析项目的实施对（　　）的影响。
   A. 地区环境　　　　B. 自然环境　　　　C. 当地环境　　　　D. 工程环境

9. 国际工程咨询业务一般都采用（　　）采购咨询服务，竞争相当激烈，并且国外项目必须采用国际标准或所在国标准进行设计。
   A. 拍卖方式　　　　B. 合同方式　　　　C. 协议方式　　　　D. 竞争方式

10. 工程咨询与经济发展建设的连接体主要是（　　）。
    A. 投资建设　　　　B. 建设项目　　　　C. 投资项目　　　　D. 工程项目

11. 对企业投资项目实行（　　）是投资体制改革的重要内容，是确立企业投资主体地位、落实企业投资决策自主权的重要环节之一。
    A. 代建制　　　　B. 招投标制　　　　C. 备案制　　　　D. 项目法人制

12. 企业自主编制企业的发展规划，（　　）国家规划范畴。

    A. 不属于　　　　　　B. 属于　　　　　　　　C. 其标准高于　　　　D. 其标准低于

13. 下列不属于国际上一般项目分类的是（　　）。

    A. 生产类项目　　　　　　　　　　　　　　B. 基础设施类项目

    C. 生产生活环境类项目　　　　　　　　　　D. 社会发展和人力资源开发类项目

14. 项目执行管理层在准备阶段时项目执行管理内容不包括（　　）。

    A. 资金筹措　　　　B. 工程设计　　　　　C. 合同管理　　　　D. 工程、设备采购

15. （　　）是以项目可行性研究评估为主，重点评价项目的目标、效益和风险。

    A. 规划咨询　　　　B. 项目评估　　　　　C. 项目评价　　　　D. 政策咨询

16. 项目准备阶段的融资咨询应考虑（　　）。

    A. 项目财务风险最低　　　　　　　　　　　B. 股东权益最优化

    C. 资金变现能力最强　　　　　　　　　　　D. 资产净现值最大化

17. （　　）是咨询工程师为业主提供咨询服务的主要业务领域。

    A. 经营决策　　　　B. 机会研究　　　　　C. 市场鉴别　　　　D. 实施管理

18. 职业资格制度是对专业技术人员的（　　）管理，是专业技术职务聘任制度的延伸和发展。

    A. 职业　　　　　　B. 资格　　　　　　　C. 准入　　　　　　D. 专项

19. 下列属于咨询单位发展战略特点的是（　　）。

    A. 战略与经营紧密结合　　　　　　　　　　B. 实现战略的途径单一不可变

    C. 从生存角度来说对长远目标无较大影响　　D. 战略决策与日常的经营决策截然分开

20. 目标市场选定后应把自己的产品确定在目标市场的一定位置上，即（　　）。

    A. 市场定价　　　　B. 市场细分　　　　　C. 市场定位　　　　D. 市场目标细分

21. 工程和货物（　　）是建设项目采购中最普遍、最重要的方式。

    A. 长期供货协作　　B. 短期供货协作　　　C. 招标与投标　　　D. 指定购买

22. 在可行性研究中，主要根据（　　）的结果，以及有关的产业政策等论证项目投资建设的必要性。

    A. 经济方案比选　　B. 技术可行性分析　　C. 市场调查及预测　D. 财务评价

23. 在工程咨询公司的管理结构中，属于中间管理层的是（　　）。

    A. 主任工程师　　　B. 总工程师　　　　　C. 部门经理　　　　D. 副总裁

24. 工程项目质量管理体系是指为确保项目达到其目标所需要的一系列过程，其中不包括（　　）。

    A. 质量保证　　　　B. 质量更新　　　　　C. 质量控制　　　　D. 质量策划

25. 现行政府各部门编制的各种行业规划、专项规划、专题规划、重点专项规划等都属于（　　）的范畴。

    A. 区域规划　　　　B. 国家级规划　　　　C. 空间规划　　　　D. 专项规划

26. （　　）条件特别适合于传统的"设计－招标－建造"建设履行方式。

    A. 项目总承包合同　　　　　　　　　　　　B. 项目总承包管理合同

    C. 建造合同　　　　　　　　　　　　　　　D. 建设合同

27. 项目投资效益的好坏关键在于（　　）。

    A. 管理　　　　　　B. 组织　　　　　　　C. 市场　　　　　　D. 投入

28. （　　）是指咨询工程师接受审核机关委托，对企业上报的项目核准申请报告进行评估

　　论证。

　　A. 企业投资项目的前期咨询　　　　B. 政府投资项目的前期咨询

　　C. 企业投资项目核准和备案咨询　　D. 政府核准项目咨询

29. 下列不属于投资补助项目特点的是（　　　）。

　　A. 政府投入的资金大部分具有微偿性

　　B. 公益性特征

　　C. 经营性特征

　　D. 有一定经济收入但收入不足以弥补全部建设和运营成本

30. （　　　）是指根据已确定的可行性研究报告对拟建工程的技术、经济、资源、环境等进行更加深入细致的分析，编制设计文件和绘制设计图纸，是可行性研究的深入和继续。

　　A. 初步设计　　　　B. 技术设计　　　　C. 施工图设计　　　D. 工程设计

31. 现代工程咨询方法是融合工程、技术、经济、管理、财务和法律等专业知识和分析方法，在工程咨询领域加以运用，并在实践中不断总结和创新而形成的（　　　）。

　　A. 工作方法　　　　B. 方法体系　　　　C. 知识体系　　　D. 工作程序

32. 下列不属于咨询专业方法特点的是（　　　）。

　　A. 综合性　　　　B. 规划性　　　　C. 创新性　　　　D. 专业性

33. （　　　）是在监理工程师充分分析和研究工程项目的目标、技术、管理、环境以及参与工程建设各方的情况后制定的指导工程项目监理工作的实施方案。

　　A. 工程监理大纲　　B. 监理方案　　　　C. 工程监理规划　　D. 工程监理实施细则

34. （　　　）是指对建设工程项目从策划到建成投产（使用）全过程的管理。

　　A. 项目管理　　　　B. 项目策划　　　　C. 项目评价　　　　D. 项目控制

35. 工程项目的建设以（　　　）来选择实施单位，是符合建设市场经济规律的管理模式。

　　A. 指派方式　　　　B. 买卖方式　　　　C. 招标方式　　　　D. 上级安排方式

36. 现行的《中华人民共和国合同法》是从（　　　）开始实施的。

　　A. 1996 年 12 月 17 日　　　　　　　B. 1999 年 10 月 1 日

　　C. 2006 年 5 月 1 日　　　　　　　　D. 2008 年 1 月 1 日

37. （　　　）是工程咨询最重要的调查方法。

　　A. 市场调查　　　　B. 专家调查　　　　C. 现场调查　　　　D. 现场测设

38. （　　　）是通过相互沟通、调整、联合等方法，使项目涉及的各方配合得当、协同一致，以便顺利实现项目目标。

　　A. 组织　　　　　　B. 指挥　　　　　　C. 评价　　　　　　D. 协调

39. （　　　）是指政府通过招标的方式，选择社会专业化的项目管理单位，负责项目的投资管理和建设组织实施工作，项目建成后交付使用单位的制度。

　　A. 代理制　　　　　B. 监理制　　　　　C. 代建制　　　　　D. 咨询制

40. （　　　）是各门学科中常用的研究方法。

　　A. 专业方法　　　　B. 科学方法　　　　C. 逻辑方法　　　　D. 哲学方法

41. 项目管理的"EPC 模式"是指（　　　）。

　　A. 装备—计划—运营　　　　　　　B. 装备—采购—建造

　　C. 设计—采购—建造　　　　　　　D. 设计—采购—运营

42. 项目建成标志中的工程建成是指（　　）。
    A. 项目的投产使用　　B. 项目的目标实现　　C. 项目的功能具备　　D. 项目的实物建成

43. 中标人应当自发出中标通知书之日起（　　）日内，与中标人完成谈判并签订合同。
    A. 5　　　　　　　　B. 15　　　　　　　　C. 30　　　　　　　　D. 45

44. 咨询单位实现其发展战略的首要环节是（　　），承揽与本单位的业务范围和能力相适应的工程项目。
    A. 市场业务开发　　B. 确定投标目的　　C. 投标目标　　D. 配备资源能力

45. 工程咨询单位与业主双方通过谈判取得一致意见并签署协议书后，咨询项目就进入（　　）阶段。
    A. 实施准备　　　　B. 工程施工　　　　C. 工程研究　　　　D. 工程准备

46. 所谓（　　）是指受到项目或规划产出影响或可能影响的个人或单位，包括直接的或间接的、正面的或负面的影响。
    A. 利益相关者　　　B. 影响涉及面　　　C. 利益群体　　　　D. 既得利益团体

47. 下列不属于系统管理主要内容的是（　　）。
    A. 进程管理　　　　B. 资源管理　　　　C. 变更管理　　　　D. 配置管理

48. （　　）的岗位职责由分工来决定。
    A. 会长　　　　　　B. 副会长　　　　　C. 秘书长　　　　　D. 会员

49. （　　）级工程咨询单位资格，由省、自治区、直辖市、计划单列市以及新疆生产建设兵团工程咨询协会、中国工程咨询协会在各行业设立的专业委员会（含分会）初审，报中国工程咨询协会评审认定，并颁发《工程咨询资格证书》。
    A. 甲　　　　　　　B. 乙　　　　　　　C. 甲、乙　　　　　D. 丙

50. （　　）工程招标代理机构只能承担工程总投资 1 亿元人民币以下的工程招标代理业务。
    A. 丙级　　　　　　B. 甲级　　　　　　C. 暂定级　　　　　D. 乙级

51. 注册造价工程师注册有效期限为（　　）年。
    A. 5　　　　　　　　B. 4　　　　　　　　C. 3　　　　　　　　D. 2

52. 中国工程咨询协会于（　　）年正式加入 FIDIC。
    A. 1997　　　　　　B. 1998　　　　　　C. 1995　　　　　　D. 1996

53. 1913 年 7 月 22 日，FIDIC 成立大会在（　　）召开。
    A. 瑞士洛桑　　　　B. 法国巴黎　　　　C. 比利时根特　　　D. 英国伦敦

54. （　　）负责 FIDIC 的日常工作。
    A. 成员协会代表大会　　　　　　　　　B. 秘书处
    C. 执行委员会　　　　　　　　　　　　D. 专业委员会

55. （　　）是国务院组成机构（委员会、部、局）根据职责分工和行业特点制定的规范性文件。这些规范性文件通常在制定和颁布的委、部、局所管辖的业务范围具有约束效力。
    A. 法律　　　　　　B. 部门规章　　　　C. 技术规范　　　　D. 行政法规

56. 法律上的（　　）是指由双方当事人通过协议将其争议交付非司法机构的第三方审理，由第三方作出对争议各方均有约束力裁决的制度和方式。
    A. 和解　　　　　　B. 调解　　　　　　C. 仲裁　　　　　　D. 民事诉讼

57. 前期工程咨询的（　　）是指工程咨询单位没有履行合同约定的义务或者履行合同义务不

符合约定，或因过错出具不合格的咨询报告，致使委托人受到损害而应承担的不利后果。

    A. 行政责任   B. 法律责任   C. 民事责任   D. 刑事责任

58. 对工程咨询单位的资格等级复评每（　　）年进行一次。

    A. 1   B. 2   C. 3   D. 5

59. 关于知识产权的概念，下列表述有误的一项是（　　）。

    A. 知识产权，是指人们对其智力劳动成果所享有的民事权利

    B. 知识产权是一种财产权，可以通过转让、受让、继承和许可他人使用等形式产生经济收益

    C. 由于知识产权是人们利用自己的知识，通过脑力劳动所创造的智力成果而依法享有的一种权利，因而又称为劳动创造权

    D. 理解"知识产权"这个概念应注意两点：一是应从知识产权的范围入手了解知识产权的概念，明确其含义；二是知识产权是一个内涵不断深化、外延不断拓展的概念，它将随着科学技术、文学艺术的发展而拓展和深化

60. 评价工程咨询技术建议书时，占权重最大的评价因素是（　　）。

    A. 咨询公司的注册资本金和专家库规模   B. 咨询公司完成类似项目的业绩

    C. 咨询服务的方法和途径   D. 咨询专家的水平和经验

二、多项选择题（共35题，每题2分。每题的备选项中，有2个或2个以上符合题意，至少有1个错项。错选，本题不得分；少选，所选的每个选项得0.5分）

61. 2000年，中国工程咨询协会颁布了《工程咨询成果质量评价办法》，该办法规定质量评价分为（　　）。

    A. 工作阶段性评价   B. 运营评价

    C. 实施结果评价   D. 先进性评价

    E. 成果完成后评价

62. 发展布局规划系列包括（　　）等。

    A. 深度、广度规划   B. 区域规划

    C. 城镇体系规划   D. 土地利用规划

    E. 开发区规划

63. 规划咨询包括（　　），是工程咨询的一项重要任务。

    A. 规划分解   B. 规划研究

    C. 规划认可   D. 规划评估

    E. 规划条件

64. 工程咨询者不是（　　）。

    A. 投资者   B. 决策者

    C. 项目法人   D. 工程建设实施者

    E. 为工程项目提供智力服务的个体、群体或单位

65. 项目准备阶段融资咨询的重要工作包括（　　）。

    A. 签订贷款协议   B. 参与贷款谈判

    C. 测算项目资产净现值   D. 协助业主优化落实融资方案

    E. 分析汇率风险

66. 在我国实际工作中，通常按（　　）对工程咨询投资进行分类。
    A. 形成资本的用途
    B. 投资主体的经济类型
    C. 资产构成方式
    D. 资产形态
    E. 固定资产投资的使用构成

67. 投资项目按投资宏观调控意图不同，可分为（　　）。
    A. 竞争性项目
    B. 基础设施项目
    C. 经营性项目
    D. 非经营性项目
    E. 公益性项目

68. 项目决策层管理具有（　　）的特点。
    A. 全局性
    B. 战略性
    C. 统领性
    D. 全面性
    E. 具体性

69. 系统分析的内容包括（　　）。
    A. 系统量化
    B. 系统组织
    C. 系统评价
    D. 系统研究
    E. 系统估算

70. 在工程承包合同支付方式中，根据投资人愿意采纳的支付方式，可进行（　　）形式的选择。
    A. 利润合同
    B. 调价合同
    C. 成本加酬金合同
    D. 固定总价合同
    E. 计量与估价合同

71. 工程咨询服务对象中的出资人主要有（　　）。
    A. 政府出资人
    B. 银行借款人
    C. 国际组织出资人
    D. 政府官员
    E. 企业及其他出资人

72. 为严格市场准入，保障工程咨询质量，2005年3月4日国家发展和改革委员会颁布了《工程咨询单位资格认定办法》，将工程咨询单位资格管理划分为（　　）等几部分。
    A. 资格等级
    B. 咨询专业
    C. 服务范围
    D. 资格管理
    E. 管理概况

73. 咨询单位拓展业务，应掌握同行业竞争的状况，结合本单位（　　）进行分析。
    A. 发展目标
    B. 资源优势
    C. 环境条件
    D. 营销方式
    E. 人力资本

74. 项目可行性研究应具有（　　）。
    A. 科学性
    B. 预见性
    C. 可靠性
    D. 时效性
    E. 公正性

75. 项目采购招标的主要内容有（　　）。

    A. 咨询服务   B. 设备物资

    C. 建设工程   D. 环境条件

    E. 履行方式

76. 为了规避职业风险，减少损失，应提高咨询人员风险意识，并在主观和客观两方面采取措施，具体包括（　　）。

    A. 强化合同履约意识   B. 提高专业技能

    C. 加强全员身体管理   D. 投保安装一切险

    E. 提高职业道德素质

77. 区域规划的基本条件包括（　　）。

    A. 地理条件   B. 经济基础条件

    C. 资源条件   D. 社会和环境条件

    E. 社会人文条件

78. 可行性研究中的（　　），应有两个以上方案的比选。

    A. 重大技术   B. 财务方案

    C. 建设投资   D. 投资人数

    E. 咨询工程师数

79. 工程项目管理的特点包括（　　）。

    A. 项目管理是复杂的任务   B. 项目管理具有组织局限性

    C. 项目管理的标准是客户的满意度   D. 项目管理方法具有完备的理论体系

    E. 项目管理应建立专门的组织机构

80. 项目诊断的程序包括（　　）。

    A. 接收诊断委托任务   B. 调查研究收集资料

    C. 引导业主提问   D. 提交诊断报告

    E. 项目诊断委托任务中止

81. 项目竣工验收报告应全面总结工程实施的过程，确定项目的（　　）。

    A. 工程质量   B. 工程工期

    C. 工程投资决算   D. 工程安全

    E. 工程数量

82. 系统研究作业的基本过程和内容可以归纳为（　　）等阶段。

    A. 问题发现   B. 问题定义

    C. 问题研究   D. 问题诊断

    E. 目标确认

83. 评价指标的设立应遵循的原则有（　　）。

    A. 系统性原则   B. 指标要有明显的关联和重叠关系

    C. 指标的可测性原则   D. 指标之间应尽可能避免层次性

    E. 绝对指标与相对指标结合使用的原则

84. 在项目后评价中，项目建成的标志是多方面的，主要包括（　　）。

    A. 工程建成   B. 技术建成

    C. 经济建成   D. 框架建成

E. 效益建成

85. 项目资源管理包括（   ）。

    A. 人力资源管理   B. 资金管理

    C. 材料管理   D. 技术管理

    E. 金融资源管理

86. 国际上通行的工程咨询服务采购方式有（   ）。

    A. 公开招标   B. 邀请招标

    C. 招标方式   D. 竞争性谈判

    E. 非招标方式

87. 咨询单位实力介绍文件的内容一般包括（   ）。

    A. 咨询单位的背景与机构   B. 咨询单位的资源情况

    C. 咨询单位的业务与经验   D. 咨询单位的荣誉和信誉

    E. 咨询单位的专家与人员

88. 财务建议书的内容一般包括（   ）。

    A. 咨询费用估算方法及财务建议书的编制说明

    B. 咨询费用总金额

    C. 咨询人员酬金的估算明细

    D. 可预见费估算

    E. 附件

89. 中国工程咨询协会的服务范围包括（   ）。

    A. 代表中国工程咨询业参加国际咨询工程师联合会（FIDIC）

    B. 研讨工程咨询业发展的相关问题

    C. 维护和增进会员的合法权益

    D. 组织交流和推广工程咨询经验

    E. 帮助会员承揽工程项目

90. 《工程咨询服务协议书试行本》的格式分为（   ）。

    A. 协议书正文   B. 协议书通用条件

    C. 附录   D. 协议书资料表

    E. 协议书专用条件

91. CNAEC、ACE、ACEC 咨询组织的中文名称分别是（   ）。

    A. 中国工程咨询协会   B. 日本咨询工程师协会

    C. 英国工程咨询协会   D. 美国工程公司协会

    E. 英国皇家特许测量师协会

92. 有关工程咨询业的部门规章包括（   ）。

    A. 工程咨询的管理   B. 投资控制管理

    C. 项目前期咨询与后评价   D. 工程设计和造价

    E. 招标代理

93. 注册咨询工程师（投资）的执业检查内容可以分为（   ）。

    A. 对执业制度管理程序，环节设计科学性、合理性的检查

    B. 人员资格和执业情况检查

    C. 初审机构执行执业资格制度的检查

    D. 工程咨询单位落实执业资格制度的检查

    E. 工程咨询业绩评价

94.《世界版权公约》与《伯尔尼公约》都承认双国籍国民待遇原则，并对版权所有人应享有的权利作了类似的规定。两者主要区别是（　　）。

    A. 前者规定受保护主体包括作者和其他版权所有人，而后者规定只能是作者本人

    B. 保护期限，前者规定为死后 30 年；后者为死后 60 年

    C. 作品保护内容和范围，前者只作原则性规定；后者具体规定了受保护作品的种类，并包括精神权利

    D. 取得保护的条件，前者规定必须在出版的作品上注明版权符号 C；后者实行自动产生版权原则

    E. 版权保护的追溯力，前者对此未加规定；后者规定对缔约国过去、现在和将来版权均给予保护

95. 对于工程咨询服务范围不太明确或难以确定的项目，工程咨询服务费用计算方法可以采用（　　）。

    A. 人月费单价法

    B. 顾问费法

    C. 成本加固定酬金法

    D. 工程造价百分率法

    E. 总价法

参考答案

一、单项选择题

1	C	2	B	3	B	4	C	5	B
6	D	7	A	8	C	9	D	10	C
11	C	12	A	13	C	14	C	15	B
16	A	17	B	18	C	19	A	20	C
21	C	22	C	23	C	24	B	25	D
26	C	27	C	28	D	29	A	30	D
31	B	32	B	33	C	34	C	35	C
36	B	37	C	38	D	39	C	40	A
41	C	42	D	43	C	44	A	45	B
46	C	47	A	48	B	49	C	50	B
51	D	52	C	53	B	54	B	55	C
56	C	57	D	58	C	59	C	60	D

二、多项选择题

61	ACE	62	BCDE	63	BD	64	ABCD	65	ABD
66	ABDE	67	ABE	68	ABC	69	ACD	70	CDE
71	ACE	72	ABC	73	ABC	74	ABCE	75	ABC
76	ABE	77	ABE	78	AB	79	ACDE	80	ABD
81	ABC	82	ABDE	83	ACE	84	ABCE	85	ACD
86	CE	87	ABCD	88	ABCE	89	ABCD	90	ABCE
91	ACD	92	ACDE	93	ABCD	94	ACDE	95	AB

工程咨询概论（九）

一、单项选择题（共60题，每题1分。每题的备选项中，只有1个最符合题意）

1. 过程管理实际上是要把与产品生产（服务）有关的过程同（　　）整合起来。
   A. 对产品生产过程的管理过程　　　　B. 对产品质量的管理过程
   C. 对产品生产工艺的管理过程　　　　D. 对产品质量检验的过程

2. （　　）是目前兴起的一个新的管理领域，是企业在生存和发展环境发生巨变、信息手段和技术飞速发展的情况下，推进管理现代化、提高抵御市场竞争风险的重要手段。
   A. 战略风险管理　　B. 风险规避管理　　C. 全面风险管理　　D. 风险应对管理

3. 项目建议书阶段，规划选点不需要征求当地（　　）部门的意见。
   A. 城市规划　　　　B. 环保　　　　C. 备案　　　　D. 消防

4. 工程咨询的（　　），并非无原则地调和或折中，也不是简单地在矛盾的双方保持中立。
   A. 独立性　　　　B. 公正性　　　　C. 科学性　　　　D. 合法性

5. 通过项目评估的逻辑框架，能清楚地看出各种目标之间的（　　）、制约条件及需要解决的问题。
   A. 有无关系　　　　B. 对比关系　　　　C. 逻辑关系　　　　D. 存在关系

6. 一般而言，固定资产投资和流动资产投资之间存在一定的比例关系，经济发展水平越高，管理水平越高，流动资产投资占总投资的比例（　　）。
   A. 越低　　　　B. 越高　　　　C. 越大　　　　D. 越接近于1

7. 项目投资效益的好坏关键在于（　　）。
   A. 管理　　　　B. 市场　　　　C. 组织　　　　D. 机会

8. 项目可行性研究环境影响量化分析的主要方法是（　　）。
   A. 成本—效益分析　　　　　　　　B. 资产—净现值分析
   C. 投入—产出分析　　　　　　　　D. 进度—质量分析

9. 明确项目的（　　），有助于界定项目的范围、目标和利益群体。
   A. 唯一性　　　　B. 周期性　　　　C. 约束性　　　　D. 相对性

10. 明确项目的（　　），有利于分析项目的条件，更好地实施项目。
    A. 相对性　　　　B. 临时性　　　　C. 约束性　　　　D. 周期性

11. （　　）是指咨询工程师接受企业委托，编写资金申请报告，以获得政府投资补助、贷款贴息和国际金融组织贷款及政府贷款转贷等资金申请的咨询服务。
    A. 企业投资项目核准咨询　　　　　　B. 政府核准项目咨询
    C. 企业资金申请咨询　　　　　　　　D. 项目的前期咨询

12. 在项目评估的逻辑框架中，"重要外部条件分析"不包括（　　）。
    A. 资源条件　　　B. 业绩条件　　　C. 基础设施条件　　D. 工程地质条件

13. （　　）是指按照一个主体设计进行建设并能独立发挥作用的工程实体。
    A. 投资项目　　　B. 建设项目　　　C. 管理项目　　　D. 工程项目

14. 在我国投资项目周期中，（   ）是从项目竣工验收交付使用起，到运营一定时期（非经营性项目）或回收全部投资（经营性项目）止。

    A. 前期阶段　　　　　　B. 运营阶段　　　　　C. 准备阶段　　　　　D. 实施阶段

15. 项目决策管理层在准备阶段时工程咨询业务内容是（   ）。

    A. 项目规划评估　　　　B. 项目建议书评估　　C. 融资方案评估　　　D. 绩效评价

16. （   ）是运用系统论的观点对项目全面考察综合分析，找出潜在的各种风险因素。

    A. 风险分析　　　　　　B. 风险评估　　　　　C. 风险认知　　　　　D. 风险识别

17. 项目准备阶段的融资咨询主要从（   ）角度调整落实融资方案。

    A. 投入产出　　　　　　B. 融资成本　　　　　C. 项目法人和企业　　D. 融资对象

18. 下列不属于我国当前注册咨询工程师（投资）执业应侧重的方面是（   ）。

    A. 规划、政策咨询　　　B. 节约经济咨询　　　C. 环境保护咨询　　　D. 制度建设咨询

19. （   ）是咨询单位在一定时间内预期达到的目标成果，是经过努力可以实现的目标。

    A. 战略目标　　　　　　B. 市场目标　　　　　C. 发展目标　　　　　D. 执行目标

20. 通过对项目的分析与（   ），可以避免投标的盲目性，降低执行项目的风险。

    A. 调查　　　　　　　　B. 准备　　　　　　　C. 细分　　　　　　　D. 筛选

21. 建设项目融资方式具有多元化的特点，融资渠道呈现（   ）。

    A. 网络化　　　　　　　B. 系统化　　　　　　C. 多样性　　　　　　D. 难测性

22. 项目评估的逻辑框架分析，首要任务是确定（   ）。

    A. 项目各层次目标　　　B. 项目的组织体系　　C. 项目的可行性　　　D. 项目风险及对策

23. 一个项目组负责完成（   ）项目咨询任务。

    A. 一个　　　　　　　　B. 两个　　　　　　　C. 3 个　　　　　　　D. 多个

24. 《中国工程咨询协会质量管理导则》包括的主要内容有：总论、ISO 9000 标准、质量管理体系建立、质量体系认证以及（   ）。

    A. 工程咨询成果质量评价　　　　　　　　　B. 工程咨询资质评价

    C. 工程咨询质量等级评价　　　　　　　　　D. 工程咨询成果评价

25. 规划体系具有层次性特征，其不包括（   ）。

    A. 规划时间的层次性　　　　　　　　　　　B. 规划内容的层次性

    C. 行政等级的层次性　　　　　　　　　　　D. 各类规划相互重叠、互相支持

26. 在计量与估价合同中，单位工作量价格中所包含的工作内容通常由（   ）来明确定义。

    A. 预算定额　　　　　　B. 估算指标　　　　　C. 计量方法　　　　　D. 工程量清单

27. 项目实施过程中合同管理的最终目的是（   ）。

    A. 使双方履行合同义务　　　　　　　　　　B. 遵守企业、项目管理制度的规定

    C. 实现盈利　　　　　　　　　　　　　　　D. 使项目目标得到完整体现

28. 在（   ）基本确定之后，需研究发展规划应遵循的规则（原则、法规、依据），明确发展的思路。

    A. 社会目标　　　　　　B. 指导思想　　　　　C. 规划目标　　　　　D. 总体规划

29. 咨询工程师在进行项目投资机会的咨询论证中，首先应分析业主的（   ），以把握投资目标，在此基础上鉴别投资机会，论证投资方向。

    A. 投资金额　　　　　　B. 投资动机　　　　　C. 投资期限　　　　　D. 投资实力

30. 下列关于企业投资项目可行性研究主要内容的表述，不正确的是（   ）。

    A. 社会评价   B. 经济影响分析

    C. 市场分析   D. 进一步研究项目建设的一般性

31. 在人们认识和改造世界的活动中，哲学方法作为（   ）的方法论起作用，因而被包括在一切范围的科学认识结构之中。

    A. 普遍适用性   B. 辩证统一性   C. 总体一般性   D. 整体有序性

32. （   ）又称单位合同。

    A. 可调总价合同   B. 计量与估价合同   C. 成本补偿合同   D. 固定单价合同

33. 目前，工程监理主要用于（   ）阶段。

    A. 工程建设投资决策   B. 工程施工

    C. 工程实施   D. 工程规划

34. 设施和设备的运行达到设计的技术指标，装置达到设计能力，一般项目需要（   ）的时间。

    A. 1～2 年   B. 2～3 年   C. 3～5 年   D. 5～8 年

35. 项目管理效果评价不包括（   ）。

    A. 组织结构形式的评价   B. 组织内部沟通、交流机制的评价

    C. 对组织中人员的评价   D. 对激励机制及员工满意度的评价

36. （   ）是对客观事物加以比较，以便认识事物的本质和规律，从而得出结论的方法。

    A. 头脑风暴法   B. 循环对比法   C. 对比分析法   D. 系统分析法

37. 下列属于项目后评价要完成的咨询任务是（   ）。

    A. 项目的备案评价   B. 项目工程技术的总结

    C. 项目目标和持续性的评价   D. 项目运营业绩评审

38. 项目持续性分析的要素不包括（   ）等。

    A. 财务   B. 技术   C. 社会   D. 环保

39. （   ）通常是指管理人员按照计划指标来衡量实际执行中所取得的进展和成果，采取相应措施纠正所发生的偏差，使项目预定目标得以实现的管理活动。

    A. 控制   B. 领导   C. 执行   D. 指挥

40. （   ）是项目管理公司代表业主对项目施行全过程管理。

    A. 代理管理模式   B. BOT 模式   C. 管理承包模式   D. 交钥匙模式

41. （   ）是投资项目咨询评估最重要的法则。

    A. 效果对比   B. 可行性对比   C. 有无对比   D. 规制对比

42. 在后评价中，采用财务数据不能简单地使用实际数，应扣除实际数据中物价指数的影响，使之与前评估的各项评价指标（   ）。

    A. 吻合   B. 可比   C. 一致   D. 对应

43. （   ）应在投标人须知中规定的时间和地点进行，并邀请所有投标人出席。

    A. 评标   B. 定标   C. 开标   D. 投标

44. （   ）是争取获得咨询项目的基本保证。

    A. 咨询单位实力   B. 咨询单位的业务与经验

    C. 咨询单位的背景与机构   D. 一个好的投标班子

45. （　　）是为执行咨询服务任务而发生的工作费用。
  A. 酬金   B. 预见费   C. 可报销费用   D. 不可预见费

46. （　　）是招标文件的重要组成部分，是指导投标人如何进行投标的重要文件。
  A. 招标公告   B. 通用条款   C. 专用条款   D. 投标人须知

47. （　　）主要为信息传递和资源共享提供高速、方便的信息通道。
  A. 信息输出层 B. 网络基础层 C. 应用支撑层 D. 有效应用层

48. （　　）是目前国际上较广泛采用的一种工程咨询费用的估算方法，广泛应用于工程项目的一般性计划、可行性研究、工程设计、建设监理及其他项目管理咨询任务，也是国际竞争性工程咨询招标常用的费用计算方法。
  A. 工程造价百分率法   B. 顾问费法
  C. 按日计费法   D. 人月费单价法

49. （　　）由理事会选举产生，其人数一般不超过理事人数的1/3。
  A. 秘书处   B. 常务理事会 C. 分支机构 D. 会员代表大会

50. 项目实施结果（或实际效益）评价一般在工程咨询单位提供咨询服务的项目建成投产（　　）后进行，由工程咨询单位每年选择有代表性的项目进行回访评价。
  A. 3个月   B. 6个月   C. 1年   D. 1年半

51. 注册城市规划师每次注册有效期为（　　）。
  A. 1年   B. 5年   C. 3年   D. 4年

52. 国际咨询工程师联合会（FIDIC）的基本行为准则共（　　）条。
  A. 14   B. 12   C. 10   D. 16

53. （　　），中国工程咨询协会代表中华人民共和国正式加入FIDIC组织。
  A. 1959年   B. 1988年   C. 1996年   D. 1999年

54. FIDIC执行委员会由当年的成员协会代表投票选举确定，执行委员会最多由（　　）名成员组成。
  A. 5   B. 7   C. 9   D. 13

55. 2005年，为保障工程咨询质量，严格市场准入，国家发展和改革委员会根据《中华人民共和国行政许可法》和《国务院对确需保留的行政审批项目设定行政许可的决定》制定了（　　）。
  A. 《注册咨询工程师（投资）执业资格制度暂行规定》
  B. 《工程咨询单位持证执业管理暂行办法》
  C. 《注册咨询工程师（投资）执业资格考试实施办法》
  D. 《工程咨询单位资格认定办法》

56. （　　）是指当事人一方违约时，对方有权请求人民法院或仲裁机构作出判决或裁决，强迫违约人按照合同履行义务，承担赔偿金或违约金责任并不能免除当事人的履约责任。
  A. 继续履行   B. 赔偿损失   C. 定金罚则   D. 支付违约金

57. 《国家发展和改革委员会委托投资咨询评估管理办法》中明确规定，咨询评估报告有重大失误或质量低劣的，（　　）可以对咨询机构提出警告、取消其承担咨询评估任务的资格、依据工程咨询单位资格管理的有关规定作出处罚。
  A. 全国工程咨询工程师联合会   B. 国务院建设行政主管部门

C. 国务院　　　　　　　　　　　　　　D. 国家发展和改革委员会

58. 因不可抗力原因，致使工程咨询机构未能按合同规定完成咨询工作，给委托方造成的损失（　　）。

A. 工程咨询机构应根据责任的分配承担　　B. 工程咨询机构不应承担

C. 由委托方和工程咨询机构连带承担　　　D. 工程单位经委托方主张后承担

59. 我国商标权的保护期限自核准注册之日起10年，但可以在期限届满前（　　）个月内申请续展注册，每次续展注册的有效期10年，续展的次数不限。

A. 1　　　　　　　　B. 3　　　　　　　　C. 5　　　　　　　　D. 6

60. 工程监理企业资质不包括（　　）。

A. 综合资质　　　　　B. 专项资质　　　　　C. 专业资质　　　　　D. 事务所

二、多项选择题（共35题，每题2分。每题的备选项中，有2个或2个以上符合题意，至少有1个错项。错选，本题不得分；少选，所选的每个选项得0.5分）

61. 广义上工程咨询单位的组织设计涉及（　　）等内容。

A. 管理深度　　　　　　　　　　　　　　B. 管理跨度

C. 管理层次　　　　　　　　　　　　　　D. 管理制度

E. 机构设置

62. 工程咨询服务中的规划研究分为（　　）等。

A. 地区发展规划　　　　　　　　　　　　B. 行业发展规划

C. 企业发展规划　　　　　　　　　　　　D. 环境发展规划

E. 社会发展规划

63. 在项目可行性研究中，对交通项目的市场分析一般应包含社会发展对（　　）的要求。

A. 服务质量　　　　　　　　　　　　　　B. 运输方式

C. 交通运输量　　　　　　　　　　　　　D. 节约时间

E. 人文条件

64. 许多工程咨询成果具有（　　），其质量优劣除了咨询单位自我评价外，还要接受委托方或外部的验收评价，要经受时间和历史的检验。

A. 预测性　　　　　　　　　　　　　　　B. 科学性

C. 前瞻性　　　　　　　　　　　　　　　D. 目的性

E. 推理性

65. 工程咨询评估主要有（　　）。

A. 企业委托的咨询评估　　　　　　　　　B. 金融机构委托的咨询评估

C. 项目核准机关委托的评估　　　　　　　D. 政府投资管理部门委托的咨询评估

E. 工程咨询评估的再评估

66. 工程咨询主要是为投资建设服务，下列关于两者间关系表现的说法，正确的有（　　）。

A. 工程咨询是投资建设发展的产物

B. 工程咨询业务主要来源于工程建设

C. 工程咨询内容随投资建设管理制度变化而变化

D. 工程咨询难度取决于投资建设现代化程度和所涉及因素的复杂程度

E. 工程咨询质量一般不会直接影响投资建设的质量和效益

67. 国际上项目的分类主要以项目的（　　）等方面为依据。

A. 产出物性质　　　　　　　　　　B. 服务对象

C. 主要效益特点　　　　　　　　　D. 资金构成方式

E. 对社会的贡献

68. 项目执行管理层前期阶段的工程咨询内容有（　　）。

A. 编写项目规划报告，进行投资机会研究　B. 编制设计文件和设计概算，开展工程设计

C. 编写初步可行性研究报告　　　　D. 编写可行性研究报告

E. 编写项目申请报告、资金申请报告

69. 项目目标评估一般从项目的（　　）等层次进行分析。

A. 产出成果　　　　　　　　　　　B. 直接目的

C. 宏观总目标　　　　　　　　　　D. 融资渠道

E. 实施所需投入

70. 我国项目融资有不同的分类，按融资主体分为（　　）。

A. 新设法人融资　　　　　　　　　B. 既有法人融资

C. 无法人融资　　　　　　　　　　D. 外层关系单位融资

E. 项目经理部融资

71. 工程咨询单位接受政府部门、机构委托，为它们出资的建设项目、课题研究提供服务，其服务的主要内容包括（　　）。

A. 规划咨询　　　　　　　　　　　B. 项目评估

C. 专题研究　　　　　　　　　　　D. 政策咨询

E. 项目后评价

72. 认定各专业和各服务范围的资格必须符合（　　）的相应条件。

A. 相关业务　　　　　　　　　　　B. 专业技术力量

C. 技术水平　　　　　　　　　　　D. 管理水平

E. 工程咨询业绩

73. 申请工程咨询企业名称预先登记需要提交的文件和证件有（　　）。

A. 组建单位的资格证明　　　　　　B. 企业名称预先登记申请书

C. 指定（委托）书　　　　　　　　D. 办公地址证明

E. 注册资金证明

74. 项目总结评价的自我总结评价，是对项目建设全过程进行的全面总结和评价，其定义描述的要点有（　　）。

A. 在建设项目竣工后进行　　　　　B. 项目运营基本达到设计能力时进行

C. 经过社会调查　　　　　　　　　D. 由项目经理完成

E. 由项目法人完成

75. 政府投资项目的竣工验收实施分级管理，即按投资计划分为（　　）项目。

A. 城镇级　　　　　　　　　　　　B. 市县级

C. 省市级　　　　　　　　　　　　D. 国家级

E. 涉外

76. 风险一般可分为（　　）等。

A. 全面风险　　　　　　　　　　B. 战略风险

C. 市场风险　　　　　　　　　　D. 财务风险

E. 法律风险

77. 行业规划的基本条件不包括(　　)。

A. 生产开发能力　　　　　　　　B. 经济基础条件

C. 生产力布局现状　　　　　　　D. 行业优势

E. 基础设施条件

78. 市场分析应达到的目的有(　　)。

A. 为项目建设的必要性提供市场依据　　B. 为项目产品方案提供依据

C. 为项目咨询工程师机会研究提供依据　D. 为项目建设目的提供依据

E. 为确定项目规模提供依据

79. 在项目后评价中，对项目策划与决策总结评价的重点包括(　　)。

A. 项目目标评价　　　　　　　　B. 项目可行性研究报告

C. 项目决策的程序、内容和方法　D. 项目评估报告

E. 项目投入产出效果

80. 项目评价的成功度可分为(　　)。

A. 失败　　　　　　　　　　　　B. 部分成功

C. 基本成功　　　　　　　　　　D. 较为成功

E. 完全成功

81. 按投资人愿意采纳的支付方式，项目组织方式可进行(　　)合同形式的选择。

A. 咨询工程师管理合同　　　　　B. 管理承包合同

C. 监理工程师管理合同　　　　　D. 建造管理合同

E. 管理业主合同

82. 在工程咨询专业方法中，市场分析方法有(　　)。

A. 市场调查方法　　　　　　　　B. 市场预测方法

C. 投资组合分析方法　　　　　　D. 市场质量控制方法

E. SWOT 分析方法

83. 定量分析方法有(　　)。

A. 市场预测的类推预测法　　　　B. 蒙特卡洛模拟法

C. 风险分析的概率树法　　　　　D. 经济分析的费用效益分析法

E. 市场预测的因果分析法和延伸预测法

84. 代建制的作用有(　　)。

A. 提高项目管理水平　　　　　　B. 有利于政府职能的转变

C. 遏制违法违规行为　　　　　　D. 克服"三超"现象

E. 有利于简化合同管理手续

85. 项目的竣工验收是(　　)。

A. 建设成果交付新增固定资产的过程

B. 全面考核和检查建设工作是否符合设计要求和工程质量的重要环节

C. 建设工程后评价的重要组成部分

D. 由工程建设转入生产、使用和运营的标志

E. 咨询工程师接受项目业主委托介入项目竣工验收，提供的咨询服务

86. 逻辑框架法的目标层次有（　　）。

A. 目标

B. 目的

C. 产出

D. 方案

E. 投入和活动

87. 逻辑框架法的优点有（　　）。

A. 在项目开始时如果过分强调目标和外部因素，可能造成管理的僵化，应该通过对关键指标和因素的定期检查总结，重新评价和对其调整

B. 能确保提出主要的问题，分析主要的缺陷，为决策者提供更为客观、科学的信息

C. 通过推理技巧，强调环境作用，提高规划与项目设计水平

D. 能系统而又符合逻辑地全面分析事物的各个方面，形成良好的规划与项目策划方案

E. 通过连续系统的日常监测，保证在管理人员变更后，管理方法和程序得以继续

88. 根据我国相关文件规定，需要公开招标的工程咨询服务项目，符合（　　）情形的，经项目审批部门批准，可以采取邀请招标方式选聘咨询单位。

A. 项目的技术性、专业性较强或者环境资源条件特殊，符合条件的潜在投标人数量有限的

B. 建设条件受自然因素限制，如采用公开招标，将影响项目实施时机的

C. 采用公开招标，所需费用占咨询费用比例过大的

D. 法律、行政法规规定不宜公开招标的

E. 采用公开招标，所需费用占咨询费比例过低的

89. 招标公告应当载明的事项有（　　）。

A. 招标人的名称、地址和联系方式

B. 招标项目的内容、规模、资金来源

C. 招标项目实施地点和咨询服务期限

D. 对招标人的资格和能力要求

E. 获取资格预审文件、招标文件的办法以及收费标准

90. 确定短名单时考虑的主要因素和条件包括（　　）。

A. 咨询单位完成类似项目的工作经验

B. 咨询单位在项目所在类似地区的工作经验

C. 咨询单位的技术水平和综合实力

D. 招标人专业人数的多寡和能力的大小

E. 招标人对咨询项目兴趣的大小

91. 除了中国工程咨询协会，目前国内其他与工程咨询密切相关的协会还有（　　）。

A. 中国国际工程咨询协会

B. 中国勘察设计协会

C. 中国招投标管理协会

D. 中国建设工程造价协会

E. 中国建设监理协会

92. 咨询工程师对公正的要求（　　）。

A. 始终维护客户的合法利益，并廉洁、忠实地提供服务

B. 公正地提供专业建议、判断或决定

C. 为客户服务过程中可能产生的一切潜在利益冲突，都应告知客户

D. 不接受任何可能影响其独立判断的酬劳

E. 推动"基于质量选择咨询服务"的理念

93. 中国工程咨询协会常务理事会的组成包括（   ）。

A. 会长

B. 副会长

C. 秘书长

D. 常务理事

E. 项目经理

94. 根据《建设工程安全生产管理条例》，监理人承担的安全责任有（   ）。

A. 监理人应当审查施工组织设计中的安全技术措施或者专项施工方案是否符合工程建设强制性标准

B. 监理人在实施监理过程中，发现存在安全事故隐患的，应当要求施工单位整改；情况严重的，应当要求施工单位暂时停止施工，并及时报告建设单位。施工单位拒不整改或者不停止施工的，监理人应当及时向有关主管部门报告

C. 监理人应当按照法律、法规和工程建设强制性标准实施监理，并对建设工程安全生产承担监理责任

D. 监理人应当在其资质等级许可的监理范围内，承担工程监理业务

E. 监理人与被监理的承包单位以及建筑材料、建筑构配件和设备供应单位不得有隶属关系或者其他利害关系

95. FIDIC 系列合同条件的优点是具有（   ）。

A. 公正性

B. 通用性

C. 国际性

D. 严密性

E. 经济性

参考答案

一、单项选择题

1	A	2	C	3	C	4	B	5	A
6	A	7	B	8	A	9	D	10	C
11	C	12	B	13	B	14	B	15	C
16	A	17	C	18	B	19	C	20	D
21	C	22	A	23	A	24	A	25	A
26	C	27	D	28	C	29	B	30	D
31	C	32	B	33	A	34	C	35	C
36	C	37	C	38	C	39	A	40	A
41	C	42	B	43	C	44	D	45	C
46	A	47	B	48	D	49	B	50	C
51	C	52	D	53	C	54	C	55	D
56	A	57	D	58	B	59	D	60	B

二、多项选择题

61	BCDE	62	ABC	63	ABCD	64	AC	65	ABCD
66	ABD	67	ABCE	68	ACDE	69	ABCE	70	AB
71	ABDE	72	BCE	73	ABC	74	ABE	75	BCD
76	BCDE	77	ABE	78	ABE	79	BCD	80	ABCE
81	BCD	82	AB	83	BCDE	84	ABCD	85	ABD
86	ABCE	87	BCDE	88	ABCD	89	ABCE	90	ABC
91	ABDE	92	BCD	93	ABCD	94	ABC	95	ABCD